ドライブイン
カリフォルニア

［2022］

松尾スズキ

MATSUO SUZUKI

白水社

ドライブイン　カリフォルニア〔２０２２〕

目次

装丁　榎本太郎
装画　信濃八太郎

ドライブイン　カリフォルニア

［2022］

登場人物

アキオ
マリエ
大辻
クリコ
ケイスケ
ショウゾウ
ユキヲ
マリア
エミコ
ヤマグチ
若松

若いマリエとアキオが夜のなか、立っている。
二人ともパジャマ姿である。

アキオ　今夜の確認の前に、確認一つ
マリエ　……アイよ
アキオ　こうやってあれから毎晩な、お兄ちゃんおまえを下に呼び出してるわけだけど
マリエ　ふふ、わけだけど
アキオ　寝室なんか行きたくねえから。でもそれ、あれかな、うっとうしいってことにはさ、しつこいって話にはさ、……なってないよな
マリエ　なってない。(うなずく) OK、OKよ
アキオ　ならいいならいい。こういうのは、うっとうしがられながらやっても、意味ないわけだから
マリエ　うっとうしくないよ

アキオ　じゃ、今夜も、な、確認。……マリエ、今日も死にたくなかったか
マリエ　死にたくなかった
アキオ　明日も死なない
マリエ　死なない。死なないな（近づく）
アキオ　……ま、ばかばかしい確認だから、ちょっと近くもなるよ。近くもなるよ。でも毎日やるって決めたことだから。確認。……じゃ、おやすみ。……明日もやるけど、しつこいとか
マリエ　思ーわーない
アキオ　思う自由はあるんだぞ
マリエ　（ややふざけて）思わない、つってんだろ
アキオ　思われても、やるけれど
マリエ　だからそういうことよ
アキオ　気を使ってやってるわけじゃない。俺はただ、無邪気に兄として、うん。無邪気な挨拶として、やってるんだ
マリエ　オーライ

間。
闇に消えるアキオ。

マリエ　（小走りで寄って、一間）……私、死なないよ（消える）

風の音。闇。

眼鏡をかけた少年ユキヲの幽霊が空中の闇に浮かび上がる（あるいは建物の一部に浮かぶ）。

ユキヲ　死ぬ奴はバカだ

今度は首を吊った紳士に明かりが当たる。

ユキヲ　いくつもの不動産取引を成功させ、その頃父はまだ、自信と贅肉《ぜいにく》に満ちあふれていた。自分から最も遠いもの、それは死ぬことだ。酒に酔うと父は幼い僕に、よく自殺の話をした。僕を恐がらせるのが趣味だった彼が言うには、ガソリンかぶって焼身自殺、これが一番バカだ。匂いはひどいし、火膨《ひぶく》れでざまはない見てくれになる。それから電車に身投げ。これもバカだ。残された家族が賠償金を払わなければならない。大迷惑だ。よくない。父に言わせれば、一番楽なのは首吊りだそうだ。むしろ、気持ちいいくらいに、すーっと死ねる。どうだ、ユキヲ。ゲラゲラゲラゲラ試してみるか、ユキヲ。ゲラゲラゲラゲラ。よくそう言って、その手のジョークが大嫌いな母に叱られていたものだった。そして、僕が12歳の時、彼は自らの体でそれを試すことになる。拡げすぎた事業がつぎつぎに裏目に出て、一生かけても返しきれない借金を父は背負う。挙げ句、自信も贅肉もゼロになって、自分の部屋で首をくくって死んだ。……それは果たして本当に楽だったのかどうか。その2年後、はからずも今度は僕が身をもって知るはめになる。

(ユキヲ、空中に浮き上がる)僕自身の、そして母の名誉にかけて言うけど、あれは事故だった。母の実家の裏手に茂る古い竹林のなかで、ちょっとまぬけなドジを、僕は踏んでしまったんだ。あっと、思ったときにはもう遅い。僕は竹林のなか、不様《ぶざま》にぶらさがっていた。ひっそりとロープに吊られた少年の死体。どう見てもそれは、首吊り自殺にしか見えなかった。そのため、周囲の人たちの間で僕の死は、不本意にも複雑に味つけされた悲劇と受け取られることになる。それが心残りで、そして残された母が不憫《ふびん》で、……僕はこの、母の実家でもある「カリフォルニア」というださい名前のドライブインに、幽霊になってやってきたんだ

同時にユキヲ、中空に消える。

音楽。とともに風に騒めく竹林が月明かりに浮かび上がる。

タイトル『ドライブイン カリフォルニア』

夜。風の音、強く続いて。

どこか南国のムードが漂う小さなドライブイン・カリフォルニア。

カウンターと、二、三のテーブル席。

土産物を売る小さなショーウィンドウ。

「名物竹神餅《たけがみもち》」をうたう幟《のぼり》。

二階に通じるドアがあり、「宿泊2名様7000円（朝食つき）」の貼り紙。他に、「カレーうどん始めました」と、きれいにレタリングされた貼り紙も。

壁にはポスター。「地元の星／我孫子マリエLIVE・IN竹芳《たけはや》養青年センター」。

少し高い場所に、やや妙なデザインの神棚。

近眼眼鏡をかけたマリエが、カウンターで一枚のレントゲン写真を蛍光灯に透かして眺めている。

店の角にテレビと電話。

テーブル席には、神妙な顔つきのクリコと若いヤマグチ。クリコはウエストポーチ、ヤマグチはサンバイザーをしている。二人の足元には旅の途中らしいマジソンスクエアのバッグ。

ストローをくねくねいじっているクリコ。

再び姿を現わすユキヲ。

ユキヲ　14年前、当時はそこそこに繁盛していたドライブイン・カリフォルニア。僕の母マリエはその時、約25分後に訪れる自分の運命も知らず、一枚のレントゲン写真を無心に見つめていた。地元のロックバンドのボーカルをやっていた母は、この店の看板娘だった。とりあえず僕が彼女から生まれる1年前のこと。……いわゆるその日は、濃い1日だった

ヤマグチ、使っていた楊子《ようじ》を折る。

ヤマグチ　……もう、100万回聞いたけどさ。……どうすんの？　というか、どうしたいの？

間。

ヤマグチ　店終わっちゃうぜ。いいのかよ

間。

どすどすと二階で物音。

間。

ヤマグチ　泊まるの？　泊まらないの？　やめるんなら、俺はいいんだぜ。今からなら帰ったって誤魔化せないわけじゃないんだし

ヤマグチ　何かしゃべろよ！　あんた！　あんたの問題なんだから

クリコ　いやあ、こんなことに、あれあのねえ、巻き込んじゃって、申し訳ないなあって思って。……ごめんねえと思って。ヤマちゃん、ごめんねえ

ヤマグチ　それ100万回聞いたよ。あまりライスとあまりルーでスプーンの上に小さなカレーの王国作んのやめろ。貧乏くさいから。（カレーを食べさせられそうになって）食べねぇよ

クリコ　（卑屈に）ヤマちゃん、ごめんねえ

ヤマグチ　100万1回目、……ちぇ

クリコ　なに？

ヤマグチ　今、虫が目に入ったけど、もう、まあまあ、いいや

クリコ　いや、とったほうがいいわよ、見せて

ヤマグチ　目玉の裏側に入りこもうとしてるけど、まあいいや

クリコ　なんか、かっこいい
ヤマグチ　ばか
クリコ　（かぶりを振り）えっへへへ
ヤマグチ　（とまどう）何、笑うかな！
クリコ　お人形かわいい
ヤマグチ　人形かわいいよ。人形なめんなよ（間）何？
クリコ　ねえ、シャツのすそ、ズボンの中に入れたら？
ヤマグチ　……入れねえよ
クリコ　入れるよ。入れるのがヤマちゃんだもん。ヤマちゃーんだもん
ヤマグチ　…………入れるんか？
クリコ　（嬉しそうにうなずく）
ヤマグチ　……（入れる）俺？
クリコ　（拍手）ヤマちゃんだ。ヤマちゃんだ
マリエ　（眼鏡を外し）お二人《ふたり》さん
ヤマグチ　（我にかえってマリエに怒る）そんなんじゃねえよ！（ズボンからシャツを出す）
俺たちそんなんじゃねえよ！

クリコに向かって指を鳴らす。

クリコ　（落ち着いて）私たちそんなんじゃないんですよ
マリエ　……そう、そんなんじゃないんだ。でも、もう、ごめん、とりあえず閉店過ぎてるんだけど。二人。どうしたいわけ？　（後ろ向いてまた振り向いて）ねえすいませんねえ
クリコ　すいませんじゃなくてさ、二人ぃ、二人ぃ
マリエ　……あんたな。客つかまえて（憎々しげに）二人ぃ二人ぃって何だ
ヤマグチ　だって、名前知らないし
マリエ　二人って呼び方はないだろう
ヤマグチ　二人しかいないから
マリエ　じゃ、俺が一人だったら一人って呼ぶのかよ……はい、答えられない
ヤマグチ　さすがです
クリコ　わお。（マリエに）女のねえちゃん。ちょっとくらい待て。な。あんたら、田舎もんだろ。
ヤマグチ　田舎の人間にそんな1分1秒争うような予定があんのか？　あ!?　予定帳見せてみろ！　予定帳
クリコ　ヤマちゃん、騒ぎ起こすのやめてよ。あたしの地元なんだから、ここ、ね。こらえてね

マリエ、ラジカセで大音量の『蛍の光』をかける。

ヤマグチ　『蛍の光』で人の心操ってんじゃねぇよ！（ラジカセを止める）

クリコ　ヤマちゃん

スプーンを持ち、手ぬぐいを頭にかぶったアキオが、緊張した面持ちで階段のドアから現われる。顔に虫が十数匹張りついている。

アキオ　（ゆっくり歩きながら、顔を動かさずに）マリエ、ドア！　ドア閉めろ！

マリエ　何!?　何か顔についてるよ、お兄ちゃん

アキオ　（小声で）蜂！　蜂！

マリエ　ええ？

マリエ、ドアを閉める。

アキオ、自分の顔をバンバンたたく。

マリエ　どうしたのよ、お兄ちゃん!?

アキオ　（手の平から蜂の死体をばらばら落とし）み、蜜蜂と戦った。ははは

マリエ　ええ？
アキオ　昼間見つけた。３０１号室の屋根裏よ。前からブンブンいってるなとは思ってたのさ

コックの恰好のケイスケ、大きなパネルを運んでくる。

顔の部分を丸くくりぬいた竹の神タケマンチャン（斧を持った妖怪みたいなもの）のイラストが人間大に大きく描かれ、「祝・竹芳養町《たけはやちょう》 竹神祭り」とレタリングされている。

ひどいビッコをひいているケイスケ。

マリエ　蜂の巣？
アキオ　（両手を拡げて）あった。あった。３つ
ケイスケ　一人で行ったんか。アキオちゃん。屋根裏
アキオ　行った。凶暴。もう、二階、暴徒の群れ。もう、二階、無法地帯。蜂、の地帯
クリコ　あの、蜜蜂ってこんな恐い昆虫なんですね
アキオ　いやあ、何しろ蜂の巣を殴ったからね。バーンて
ケイスケ　（笑）
アキオ　何がおかしいんだよ。蜂の巣を突いたような騒ぎってあるじゃない。こっちは蜂の巣をつついた騒ぎだからよ

マリエ　なんでそんなこと
アキオ　俺は、生き生きした男だからね
マリエ　しゃらくせえわ
アキオ　（スプーンを出し）なめろマリエ。どさくさにまぎれて、蜂蜜採ってきた
マリエ　……ぱく。（なめる）甘え！
ケイスケ　伝説だわあ、アキオちゃん。
マリエ　で、蜂の巣どうすんのよ、お兄ちゃん
アキオ　ローヤルゼリーを採る
マリエ　……まじ？
アキオ　採るのかな、俺
マリエ　聞かないでよ？
ケイスケ　うーん。猛《たけ》り狂った蜂の巣からローヤルゼリーを採る。非凡な男にだけ許される。これ？　ロマンって言っちゃっていいか？
ユキヲ　ここで、この二人について説明しておきたい。こっちのほっかむりのほうが、母の兄、アキオおじさん。この店の若き経営者だ。もう一人のケイスケおじさんはちょっとだけややこしい。彼はこの店の初代経営者である僕のおじいさんが外で作ったといわれる子。つまり、母とアキオおじさんの腹違いの兄弟なのだ。19の時この店にたった一人、荷物も持たずにふらりと現われたケイスケおじさん

は、それから20年、ここにいつくことになる。そう、僕が裏の竹林でロープにひっかかって死んだ年まで

ユキヲ、消える。

アキオ　な、ケイスケ。おまえ、ローヤルゼリーの採り方知ってるんだろ？　おまえ、そう言ってたもん確か、夢で

クリコ　夢？

ケイスケ　出るんすよ俺、夢に

アキオ　そういうやつよ

ケイスケ　あのな、アキオちゃん。蜜蜂の巣からローヤルゼリーを取り出すにはちょっとしたこつがいるんだぜ。何しろあれは、巣のあちこちに細かく分散してるからな。まず（手で棒の形を示し）こういうやつで蜂の巣の中心をブスリとやるのさ。そうするというと、巣の真ん中には女王蜂が陣取ってるから、そいつに突き刺さるわな。女王ー！　もう、蜂ら、パニックですよ。当然女王は大怪我をする。ね。慌てた働き蜂どもは彼女に元気を出してもらおうと、そこら中からローヤルゼリーを女王の前につぎつぎと運び始める。ところが当の女王はもう、お腹から何か変な、いやーな色のやつを出して死んでる。女王の死を理解できぬままに

ローヤルゼリーを女王の死体の前に積み上げる蜂たち。……な。頃合を見計らって、巣の真ん中を開ければ、そこには労せずしてお宝が集まってるって按配さ。さ、行け。非凡な男、アキオちゃん

間。

しょんぼりする一同。

アキオ　……お腹から、いやーなやつ出すんか……

ケイスケ　もののけ姫の最後のほうで、あのーほれ、ダイダラボッチの中から出てくる感じの、なんかいやーなやつ

マリエ　嘘の匂いがする。

クリコ　（ヤマグチに）……泣いてるの？

ヤマグチ　泣いてねえよ！

クリコ　殺さないから。ヤマちゃんと同じ、小さな人は、皆いい人だから、あの小さな国の人は、うん、殺さない。

アキオ　……ローヤルゼリーかあ（椅子に座ってたそがれる）

間。

ケイスケ　や〜めよ！　平凡が一番！　（パネルをしまいながら）あれ？　お客さん、もう
閉店だよーん
クリコ　（あいまいに笑う）すいませんねえ
マリエ　泊まる泊まらないで、もめてんのよ
ヤマグチ　出よう
クリコ　泊まらないの？　……泊まらないって結論？
ヤマグチ　（二階を指差し）二階にダイダラボッチ？
クリコ　蜂な
ヤマグチ　のいる宿に泊まれるか？
クリコ　（荷物を持ちながら）そうねえ……
ケイスケ　写真撮ってかないすかあ！

間。

行こうとして止まるヤマグチとクリコ。

クリコ　写真？
ケイスケ　こっから、（嬉しそうに穴から顔を出し）こうやって、ね、竹芳養《たけはや》町の記念に

クリコ　いえ、あの私、そういうのちょっと
ケイスケ　特別に100円。これ、僕が描いたんです。どうすかあ？
クリコ　……お上手。ね、ヤマちゃん
ケイスケ　……なんでですかねえ。5日前から外に出してるのに誰も顔出さんのですよ。観光地でパネルから顔出さんで、どこで顔出す、ちゅう話でね
クリコ　……ふふ。ねえ。タケチャンマン！
ケイスケ　タケマンチャンですけど！　どうすかあ？　写真
ヤマグチ　撮らねえよ

間。

ケイスケ、パネルをしまおうとして。

ケイスケ　顔出すだけでも
マリエ　ケーースケ
ケイスケ　チャンスですよ！　面白くなるチャンスですよ！
ヤマグチ　俺たち、面白くなりたいように見えるか？
ケイスケ　……だいぶ！　もうすでに面白いですけど、もう一押しで　100パーセントの面白さになりますから

マリエ　無理強いしない
ケイスケ　いいか、マリエちゃん。俺は自分で2回ほど出してみた。あと1回出してもいいと思ってる。だから勧めてる。何も、どっこも無理してない
マリエ　あんたが無理してないだけでしょ？
アキオ　俺が出すよ、俺が
ケイスケ　（くやしく笑う）同情はよしてくれ
アキオ　出したいんだよ。出してみたかったんだよ！

間。

アキオ　（怒鳴る）顔！　……顔！
マリエ・ケイスケ　聞こえてる聞こえてる
アキオ　（笑う）ひひひひ！
ケイスケ　情緒、どうした？
アキオ　……（無理に笑って）俺は知らなかったんだからな、マリエ
マリエ　え？　何、何？　（笑）何を？
アキオ　ローヤルゼリーの採り方。俺は今の今まで知らなかったんだからな
マリエ　あ、ああ、あれはだって

アキオ　女王蜂って、神様みたいなもんだろ？　普通殺さんだろ？　お前、気狂いなんじゃないの？

ケイスケ　ひどいこと言うな

アキオ　まずいな。いや、違う。だって。でも、俺は知らなかったんだ。マリエ、おまえがバンドの打ち合せに行ってる間に、ケイスケと二人で見つけたんだ。蜂の巣。「ローヤルゼリーあるな。このでかさは、ローヤルゼリーだな」って。おまえほら、風邪ひきやすいし、今日誕生日じゃない。プレゼントに、いいよなって、無邪気に、そう、無邪気な感じで話してたんだ。それを、殺す殺さないなんて、お腹からヘンなの出るとか。何色だっけ？

ケイスケ　いやーな色

アキオ　気狂いなんじゃないの？　そんなリアルな話は俺、知らなかったんだから。……くそ、いつも俺はダメだ。言葉に負ける

マリエ　もういいよ。わかったわかった。お兄ちゃん。いい？　……気を使わないで。わかった

ユキヲ　とにかくその頃の母は、死の話が出るたび、家中の者に気を使われていた。もちろんそれには厳し目の理由があった

アキオ　わかっちゃいない！　……おまえにな、そう簡単に俺の無邪気さがわかっててまるか。……見てろ！

アキオ、パネルの裏に回る。

ケイスケ　さあ、マリエちゃん、顔出すぜ。無邪気の王様が

間。

アキオ、顔を出して

アキオ　……はぁ

ケイスケ　こんなに残念な無邪気は見たことないんだ

間。

傷つくアキオ。

ヤマグチ　……（うなずく）んふう

ケイスケ　んふうじゃないよ！　あんたたちが、早く出してりゃ！　……早く出してりゃ

ヤマグチ　関係ねえだろ。この野郎

クリコ　違うの。ごめんなさいごめんなさいごめんなさい

ヤマグチ　謝るなよ。１００万回も謝るなよ
アキオ　俺、ローヤルゼリー採ってくるわ
マリエ　……何言ってるの、お兄ちゃん
アキオ　な、ケイスケよ。俺、前進したぞ。無邪気ってのはさ、女王蜂を殺せるってことだよな。あっけらかんと、女王蜂を殺して、働き蜂どもも、皆殺しにして、ほいで、ローヤルゼリー採って、「ゼリーだゼリーだ」って、あっけらかんと帰ってくる。そういうことだよな？
ケイスケ　（あらたまって）皆殺しにしろ
アキオ　……待ってろ

二階に消えるアキオ。
間。
なぜか言い訳しなくてはいけないような気分になってくるクリコ。
マリエとケイスケ、クリコを見る。

クリコ　……私、あの、主人に止められてたから。派手なことは控えろって。あの、観光地でパネルのイラストのなかに顔をはめるような？　はめて写真を撮るような？　そういう派手なことだけはするなって

マリエ　すごい具体的な指示ね
ヤマグチ　はめろ
クリコ　え？
ヤマグチ　旦那がそう言ってたんなら、顔はめろ（カバンからカメラを出す）
クリコ　ヤマちゃん
ヤマグチ　俺は決めてんだ。あんたの旦那といちいち逆を言うんだ！　あんたにとって俺と逃げる価値って何？　そういうところに、あるわけでしょうに！

間。

ケイスケ　（いい声で）お客さん、わけありだね
ヤマグチ　作り声で言うな。こっちは真剣なんだ
クリコ　……はめる！　ね。私、顔はめるから。そうすれば、あの、何か、丸く納まる気がするんです。ね。はめます。私（パネルのほうに行く）
ケイスケ　無理することないんだぜ
クリコ　無理じゃありません。好きにはめるんです。楽しくて、はめるんです。「パネルだあ」って気持ちで、はめるんです（裏にまわる）
マリエ　自分が惨《みじ》めになるだけよ

クリコ　……どういう意味ですか！　許しませんぞ！

クリコ、「パネルだ、パネルだ」とつぶやきながらパネルの穴から顔を出す。

マリエ　……（つぶやく）うっぷす
クリコ　（あせる）なんで、うっぷすなんです？　うっぷすって、どういう意味です？
　聞き逃しませんぞ！　鏡！　ヤマちゃん、鏡！

ドアが開き、風が吹き込む。
アタッシュケースにスーツ姿。薄い色眼鏡の男。若松、登場。

クリコ　……あんた
若松　クリコ

間。

若松　何やってんだ。おまえ
クリコ　……ごめんなさい

若松　（クリコの荷物を持ち）帰るぞ
ヤマグチ　待てよ
若松　お人形を持つな。夜中にお人形を持った男と聞く口はもたん。というか、夜中にお人形を持った奴は俺には、見えん。
ヤマグチ　……（お人形を置く）
若松　……（目を細め）君か。クリコの書き置きにあった。おもちゃのヤマちゃんだな
ヤマグチ　おもちゃのヤマちゃんじゃない。おもちゃ屋のヤマちゃんだ
若松　（カバンを開ける）開けるぞ。君たちの駈け落ちのセンスをチェックする
ヤマグチ　（興奮する）なんていうことを！
マリエ　ちょっと、やめてよ

若松に殴りかかるが、簡単にのされるヤマグチ。

ヤマグチ　くやしい
ケイスケ　（若松の動きに合わせて）電話ですか、コップですか、ポットですか、椅子ですね
ヤマグチ　……（椅子を振り上げた若松に）OK。はいはい。強い強い。わかった！　OK、OK、OK……（お人形を持って）違うんだよ。あ、もう。敬語使ってもいいすか？

若松　あ、虫取れた。ありがとうございます。違います。俺はもうあのねえ、この人に100万回聞いたんですから。旦那はもう、自分のこと愛してない。追いかけても来ない。だから連れて逃げてくれって。100万回聞いたんですから

ヤマグチ　100万回って、何回のことだ？

ケイスケ　……5回ぐらいかな！

若松　……えっ？

（カバンから物を出す）サラミ。まぐろツナ。……黒砂糖。たべっ子どうぶつ。……こんなもの東京から買っていくな。……このへんで買え。……（中を見て）何だこれは？　……君たち、パン屋に寄った？

クリコ　……（うなずく）

若松　（カバンの中からパンばさみと、トレイを出す）泥棒……（つぎつぎものを取り出しながら）軍手1ダース。クルミ。クルミ。……クルミ。クルミ。……小リスか？

ヤマグチ　さて、どうでしょうね

若松　……これは？

クリコ　（可愛く）水平定規

若松　何に使うんだ？

ヤマグチ　……

若松　おまえら本気で駈け落ちする気あるのか。だいそれたことするならするで、ビジョンを持て、ビジョンを！　……0点だ。（マジックを取り出し、ヤマグチの額に0と書く）君たちの駈け落ち、0点
ヤマグチ　うううううう！
クリコ　（静かに）いきがんないでよヤマちゃん。もう、終わった
ヤマグチ　……え？
クリコ　今、終わったのよ。中止。ヤマちゃん、あたしなんかに付き合ってくれてどうもありがとうがんした
ケイスケ　……がんした
クリコ　いきがんないでよ、ヤマちゃん。あんたとうちの人。並んじゃっちゃっちゃまずいわよ。比べますもん。うちの人、いいもん。全然いいもん。ごめん。あんたのせいじゃない。あたしが、なんていうか、ズルい女だから？　それでいいじゃない
若松　そういうこと言うのは、そこから顔抜いてからにしないか
クリコ　（むかっときた）抜けないのよ！

間。

クリコ　さっきから抜きたいのよ！　……抜けないのさ！
マリエ　あたしは抜けなくなると思っていたのよ
クリコ　だったら最初から言うがいいのさ！
ケイスケ　……この店に新たな伝説が生まれた
ヤマグチ　……あんた、待ってたな？
クリコ　……
ヤマグチ　だから、ぐずぐずぐずぐず。……旦那が追いつくの、待ってたんだな。人のこと、誘うだけ誘っといて、待ってたんだな！　俺をはめたんだな！
クリコ　……違う、ヤマちゃん違うよ。はまってるのは　私なの。いや、物理的な意味じゃなくて
ヤマグチ　（泣いている）おもちゃ屋だからって、人をおもちゃにしやがって！

ヤマグチ、突然カウンターから包丁を取る。

ヤマグチ　整形してやる！　お、お、男をもてあそぶ権利のある顔に整形してやる！　顔、このやろう！

クリコ、慌ててパネルから顔を引っこ抜く。

若松、パンばさみで、ヤマグチの包丁を挟む。
鋭い緊張が走る。
マリエ、中央に走り出る。

マリエ　（包丁を取り上げて）やめましょ。ね。今日、私の誕生日なの。だから、ま、いろいろ事情があるんだろうなっての、のみこんで。だろうなっての、のみこんでね。よくない。包丁、よくない。そうだ。奇跡。奇跡、見せて上げる。ね、ね

ケイスケ　奇跡？
マリエ　まあ、見てて。へへ。（酸っぱそうな顔で二、三歩歩き）さてみなさん。私の手をご覧ください。一本の危険な包丁です。……今からこれをきれいな花に変えてご覧にいれます。……3、2、1

突然、真っ暗になる。

マリエ　……あれ？
クリコ　停電ですか？　これ停電ですか？
ケイスケ　停電だね

アキオの声　すまーん。二階の電気つけすぎたあ
若松　俺にヒューズを直させろ
マリエ　うちヒューズじゃないのよ
若松　ヒューズだったらできるから
アキオの声　もう、お兄ちゃん、ブレーカーあれしてよ。いいところなのに
マリエ　……わかったあ
アキオの声　何してんのよだいたい……
マリエ　つけるぞお！
いちいち言わなくていいから

明かりがつく。

目も眩まんばかりの量の花がマリエの手にあふれているばかりか、若松の頭にまで花冠が。

音楽。

若松　……
クリコ　すごい
ケイスケ　あんた、いつ仕込んだの、これ
マリエ　ふふふ。実験よ。これぞっていうときのために、こっそり2年間準備してたの。

若松　人間一つは飛び道具を持ってなきゃね。私たちは、たいていのトラブルは、花を見ることで乗り切ってる。あーん、でも、何で停電するのよ。本当は出てくるところがすごいのよ、これ（笑う）。出てくるところを見せたかったのに……ちょっと待て。この展開、どう処理すればいいんだ

ユキヲ、登場。

ユキヲ　もちろんこれは、手品。奇跡でも何でもない。だけど母は、それからだいぶたって、この店のこの場所で掛け値なしの本当の奇跡を起こすことになる。誰もが唖然としてすべてのトラブルを忘れたあの瞬間。この手品はそれに向けてのリハーサルだったのかもしれない

ユキヲ、邪魔にならない場所に移動。

若松　なんだか、何しにきたんだかわからなくなってしまったな。クリコ、おまえを叩こうとも思ったが、その気もなくなった。頭に花乗っけて、女は叩けない。頭に花を乗っけて叩きたいのは、……太鼓だろう。太鼓なんだろう

クリコ　……本当にあの、すみませんでした

若松　……ウエストポーチは嫌いだ
クリコ　あ、ごめんなさい（洋服の下に隠す）
若松　ウエストポーチは、ムツゴロウ王国の住人がしていればいい
クリコ　ですよねー
若松　いくぞ。（財布から金を出し、マリエに）迷惑をかけた
マリエ　いえ
若松　（壁のポスターを見て）あれ、あんたか？
マリエ　あ、へへ

クリコ、カバンに花束をパリパリパリパリしまう。

若松　……パリパリうるさい！（クリコに）帰るぞ
クリコ　ヤマちゃん、ごめんねえ

若松とクリコ、去る。

マリエ　……（ケイスケに）かたづけて（花を）
ケイスケ　うん（かたづける）。あの男、また戻ってくるね

マリエ　私もそんな気がするの。……何で？
ケイスケ　カバン忘れてる
マリエ　……

マリエ、ケイスケの尻を蹴る。

ケイスケ　（必要以上に痛がる）足の悪い人間に何すんだよ？　足の悪い人間、転ぶよ。
マリエ　（店をかたづけながら）何で嘘ついた？
ケイスケ　嘘？
マリエ　ローヤルゼリーの話
ケイスケ　……ああ
マリエ　……ああって
ケイスケ　（困る）嘘っていうか……もっとあれは、グレーな話だよ。嘘ってブラックじゃない？
　あれは、グレーなのよ
マリエ　あんな話聞いたことないわよ。やめてよ嘘は。お兄ちゃん、心は乙女なんだから

二階でどすどすいう音。

アキオの声　えい！
マリエ　……（上を見上げ）やったのか？

間。

ケイスケ　（何気なくカウンターのレントゲン写真を手に取る）乙女ね。こういうの拾ってきたりね……石垣マリエ。これ、アキオちゃんが拾ってきたんでしょ？
マリエ　（その傍らの茶封筒を見ると「石垣マリエ」と書いてある）石垣マリエ。こういうさあ、私と同じ名前だからってそれだけで、道に落ちてる気持ち悪いの拾ってきたり、そういう、なんか、偶然に意味を探そうみたいなさ、乙女なところがあるわけじゃない。（レントゲンを取って胸に当て）ふふ。マリエの中身。……見て。マリエの骨と踊るマリエちゃん（回る）
ケイスケ　でも、この人、大正生まれだぜ。90越えてる
マリエ　うえ！　……こわ！　……こわあ！
ユキヲ　アキオおじさんが拾ってきた、母と同じ名前のおばあさんのレントゲン写真。でも、この偶然には、実はなかなかに意味があった。これはもうちょっとあとの話
ケイスケ　もう死んでたりして

マリエ　……
ケイスケ　あ、嘘、嘘。死んでないよ。死んでない
マリエ　あはは。気ぃ使ってやんの。……お兄ちゃんみたい（レントゲン写真をカウンターに置く）
ケイスケ　いや、まあまあ

電話が鳴る。

ケイスケ　これどうすんだい？
マリエ　（電話に出ながら）神棚にでも上げといてよ。気味悪いから。はい。ドライブイン・カリフォルニアです

ケイスケ、レントゲンを封筒に入れ、椅子を持って神棚のところに行く。

マリエ　……ああ。はいはい。曲でしょ？　できてるよ。ちょっと待って、今聞く？……うん、じゃ、テープ持ってくる。待ってて

間。

マリエ、去る。
カッコウの鳴き声。

ケイスケ　……（神棚に封筒を入れながら）嘘なんかじゃないよ。ロマンチシズムでしょうに。（椅子からおりる）あれを嘘って言うのは、やっぱマリエちゃん雑な女だと言わざるをえないぜ（受話器に向かって）。タラララララン、保留音をお送りしてまーす。……俺のほうが乙女さ！　……女の乙女より男の乙女のほうが、……より乙女さ！　何より俺は、乙女座さ！　（受話器を置いて）ふん、びびってやがる。（突然ヤマグチに気づく）わあ！　……あんたまだいたの？

ヤマグチ　……忘れやがって。くっそ。人をこけにしやがって。俺はな、俺はあんたたちのことは忘れんぞ

ケイスケ　そっかあ。悪いけど俺は忘れるなあ。俺に言わせりゃ、君、平面だもん。なんか、厚みないもん

ヤマグチ　へ、平面だとお？

ケイスケ　二次元だよ。二次元。たてとよこだよ。高さはどこ？　おい、高さはどうしたんだ高さは

ヤマグチ　立体だもん！　俺、立体だもん！　……立方体だもん！

ケイスケ　いや、立方体は違うと思うぞ

若松、入ってくる。うっと引くヤマグチ。

若松　（ヤマちゃんに）カバン忘れた（照れる）

ヤマグチ　……（半泣きで）俺は立方体だあ！（去る）

間。

若松　……彼、立方体だったのか

ヤマグチ　（突然顔だけ出して）いいか、（額を指差し）このゼロの意味わかるかな？　あんたらへの恨みゼロ年だ。来年は何さ？　恨み一年さ。わかるな？　……ブーッ、OK。忘れたきゃ忘れろ。おまえらが完全に俺のこと忘れた時期に、ひょっこり仕返しにくるからな。俺の復讐はなあ、まわりくどいんだ！（去る）

ユキヲ　……おもちゃ屋のヤマちゃんは、そして、まさかまさかのことをやってのけた。本当にみんなが彼のことを忘れきった頃、この店に復讐に来たんだ

ユキヲ消え、入れ代わりにカセットテープを持ったマリエが戻ってくる。

マリエ　……なに、あれ？（若松にぶつかって）あ。（同時に移動して）あ、（抱きついて）
若松　わぁ、ナフタリンの匂い
マリエ　（手で制し）やめて（カバンを持つ）
おもしろーい

遠くに祭囃子《まつりばやし》が聞こえる。
ラジカセを持って、電話のほうに行き、なにか話しているマリエ。

若松　……これは？
ケイスケ　ああ、祭りが近いんでね、公民館でお囃子《はやし》の稽古をしてるんですよ
若松　ああ、それでこういうね（パネルを見る）
ケイスケ　（マリエをさし）彼女、イベントで歌うんですよ。マリエちゃん。あの子の唄はね
若松　（さえぎって）竹神祭り……。どんな感じなの？
ケイスケ　若い衆が竹を打ちならしながら、町を練り歩くんです
若松　それで
ケイスケ　気が済むまで練り歩きまくるんですよ
若松　最後はどうなるんだ？

ケイスケ　気が済むんです。……見ていかないすか？

若松　（手で制す）いい

若松、出ていく。

マリエ　ごめん。バンドの人に曲聞かせるから、ちょっとテープかけるね

ケイスケ　（あくびをして）やれやれ、今日のドライブイン・カリフォルニアもいろいろありました

受話器のそばのラジカセのスイッチを入れるマリエ。
ギター伴奏とマリエの歌が流れる。
マリエ、鉛筆を持って、ノートに覚え書きをつけている。
扉を開けて、蜂に顔を刺されまくったアキオがスプーン片手に出てくる。
獣の直感。アキオは若松を敵だと思う。
が、気づかずマリエ一緒に歌いだす。
いつのまにか若松、戻ってきている。
歌の途中でクリコ入ってきて、何か言おうとするが、若松手で制す。

♪たった一つ聞こえた月からの言葉
私の耳は昔からいい
絶対だった約束　嘘とわかるから
幸せをとるなら忘れるといい
魚の頃からの血筋を思い出し
ベッドに一月うつぶせ　想う
なかったことにしよう

アキオ　……マリエ
マリエ　わ！　お兄ちゃん、いたの？　びっくりした
アキオ　ローヤルゼリー、採ってきた
マリエ　ええ!?
ケイスケ　嘘だろ！　アキオちゃん
アキオ　マジで、ほら（スプーンを差し出す）、なめろ
マリエ　……
若松　（アキオに）あの……マリエさんの、お兄さんですか

間。

アキオ　あんたは？
若松　（名刺を出し）わたくし、今日東京から来ました、極東東幸芸能社の若松と申します
アキオ　ほら、マリエ。こういうのは鮮度が大切さ
マリエ　（若松が気になる）……う、うん
若松　妹さんの歌手デビューの件についてお話したいのですが
ケイスケ　ええ!?
アキオ　なめろ！　マリエ。なんなら俺が先になめる
若松　お兄さん
アキオ　（なめて）甘い（差し出す）
若松　お兄さん
アキオ　甘い
若松　お兄さん
アキオ　甘い
若松　（名刺持ったまま）お兄さん！　妹さんを東京でデビューさせたいんですが！　話を聞いてもらえませんか!?

突然、床の一部がパカーンと跳ね上がる。

アキオ　あんたは出るな！　あんたの出る幕じゃない！　マリエ！
マリエ　（恐る恐るなめる）……うん。おいしい。栄養がついた
ケイスケ　あ、俺にも。アキオ兄さん、俺にも
アキオ　もうない
ケイスケ　ひどい！　お兄さん、ひどい！（泣く）

床が乱暴に閉じる。
立ち尽くす人々。
溶暗。
ユキヲ、出てくる。人々は去る。

ユキヲ　……母は次の日の夜、マネージャーの若松さんと一緒に、東京に向う寝台列車に乗った。別に歌手に憧れていたわけではない。理由があった。……彼女にとって誰かに連れ去られるということ、そこには、すごく大切な意味があったんだ。……それはともかく、母は列車のなかで、早くも未来の僕の父と出会っている。出会ったとたんに、二人は、初めから決められてたみたいに簡単に、恋に落ちた。

……それからは急転直下。３か月後、母が、東京でちょっととうのたったアイドル歌手としてデビューする頃には、すでに二人の結婚は決まっていた。だから、母のデビュー曲『引き裂かれたＧパン』、二曲目の『山なんか見たくない』、そして最後のシングル『具合悪いぜ』の三枚が不発に終わっても、彼女は生活に困ったりしなかった。母は、芸能界で失敗し、結婚で成功したのだ。その頃、父は不動産業で莫大な財産を得た若き成功者だった。二人の豪華な結婚式は、母が二流の芸能人だったにもかかわらず、ワイドショウではトップクラスの話題になった。妻が現役の芸能人というシチュエーションを、父は気に入っていたらしい。結婚して僕が生まれても、彼は母に歌手の仕事を続けさせた。いい感じの時期だった。もちろんいい感じは長続きはしない。そして生活はその後のほうが長い。……さて、母が東京でジェットコースターのような人生を歩んでいる頃、ドライブイン・カリフォルニアでは、（徐々に明るくなる。店では面をかぶった若い女が電話している）ほとんど変化のない日々がいたずらに過ぎていた。変化のない日々は長いようで短い。彼らにとって、母が店に戻ってくるまでの14年という日々は、語るすきもない、まるで一瞬の出来事だった。だから、端折《はしょ》るんだ。……そうだ、一つだけ変化はあった。しばらく前から、この店に、エミコという女の子が住みこみで働きにきていた。僕はこの子と生まれて初めての男と女のキスをすることになるバリ島の面をかぶった若い女エミコが電話をしている。
それを見ているユキヲ。
「カレーうどんやめました」の貼り紙。
つまらない風景写真をパネルにしたものが二、三枚。
マリエのＣＤのポスターが数枚貼ってある。
宿泊の値段が下がっている。
店の隅に、カバーをかけられ、何年も放置されたパネル。

エミコ　……バリ島？　うん。楽しかったよ。もう、馬鹿ばっかでさあ、向こうの現地の奴。……ナンパ？　（笑う）メチャメチャされた。行かないよ。だってバリ島の人、みんな顔が薬丸《やくまる》みたいなんだもん。おん……うん。淳助《じゅんすけ》元気？　そう、泣いてない？　なら、いい。ふふ。うん、うん。うん、うん。はいはい、じゃ、また……（厨房のほうをちらっと見て）うん、またかけるから、ハイ、じゃあね、先生（切る）

口髭《くちひげ》を貯えたケイスケ、アルミホイルで作ったパイプを持って厨房から出てくる。
相変わらずビッコをひいている。

エミコ　（面を上げて）パイプ
ケイスケ　一応作ってみた
エミコ　怪しぃー。それで吸うんですか？
ケイスケ　うん。10代の頃、沖縄でぶらぶらしててね、ネイビーがナイトクラブでやってんの見よう見真似で
エミコ　（ポケットから小量のマリファナを出す）ネイビーがナイトクラブで。……かっこいぃー
ケイスケ　かっこよかないよ。アキオちゃんは？
エミコ　店長？　10時までボランティア
ケイスケ　あ、そ。彼だけはまずいからね、こういうの

ケイスケ、エミコからマリファナを受け取ると、パイプに詰める。

エミコ　ね、これ、種でしょ。入れたほうがいいかな
ケイスケ　あ、種はだめ、火、つけたら弾けるから
エミコ　フー、不良の言い草ですね
ケイスケ　不良っても、ラブアンドピースですから

エミコ　（真面目な顔で）中毒とかなんないですよねえ、本気で
ケイスケ　タバコより害がないよ
エミコ　空港
ケイスケ・エミコ　恐かったなー
ケイスケ　……いいかい。要は、思いっきり息を吐いといてから、……思いっきり吸い込むってこと。……（匂いを嗅いで指でマル）

興味津々のエミコ。
ケイスケ、思いっきり息をすって、パイプをくわえ、火をつけて思いっきり吹く。
飛び散るマリファナ。

ケイスケ　……今、思いっきり逆をやっちゃいましたよ
エミコ　何すんですか！　人が命かけて持ってきたものをー。まきましたね？　床にまきましたね？
ケイスケ　ごめん。久々だったから
エミコ　あーあー、もう

二人、床やテーブルに散乱した葉っぱを拾う。

脚立を持ったケバい女、イシガキマリア入ってくる。

ケイスケ　あっ
マリア　焼き飯ちょうだあい
ケイスケ　え？
マリア　焼き飯ちょうだあい

間。

マリア　焼き飯ちょうだあい
エミコ　（マリファナをテーブルの湯呑みに入れながら）あの、あと5分くらいで店閉めちゃう
あれなんですけど
マリア　（テーブルに腰掛け、足を投げ出し）3分で作って。2分で食うから
エミコ　ほんとですか？
マリア　（叫ぶ）自分を信じてあげられない女が、何を信じて生きればいいのよ。ただ、
犬は信じられないよね。サイズがまちまちだから
エミコ　（ケイスケに）あたし、幻覚見てる？
ケイスケ　大丈夫、俺にも見えてる。実はもうご飯物終わっちゃったんですよ

マリア　げろげろ！
ケイスケ　……はっはっは（パイプで出して）。ゲロゲロだって
エミコ　あ！（取ろうとしてパイプを落とす）
マリア　（エミコが持ったパイプを見て）それ何？
エミコ　……
ケイスケ　はっはっは（湯呑みごと窓の外に捨てる）
エミコ　あっ！
マリア　（ポスターを見て）ああ！　我孫子マリィじゃん？　この人、アキオちゃんの妹なんだよねえ
ケイスケ　……アキオちゃん……
マリア　♪山なんか見たくない　口づけの後でー
エミコ　マニアックー！　歌えるんだ!?
マリエ　♪山なんか見たくない　抱きしめつぇほしい　なぜ、山を見せるのー……。ジャガジャン、ジャガジャン。ドドドドン、パヤ。
エミコ　完コピ
マリエ　シャランラ。地元の星だもん
ケイスケ　店長のお知り合い？
エミコ　（『具合悪いぜ』のポスターをさして）これは？　これは？

ケイスケ　エミコちゃん
マリア　♪ちゃんとしなよ　具合悪いぜ　ちゃんとしなよ　お腹痛いぜ　あんたーー
　医者の子
エミコ　シャランラ
マリア　まだまだ。♪二代目ドクター　親子でドクター
エミコ　シャランラ
マリア　まだまだ。♪あたしもドクター
ケイスケ　あんたもかい
マリア　シャランラ
エミコ　ここかー。かっこいいですよねー。リアルタイムで聞いたことないけど
マリア　デビュー曲行こうか
ケイスケ　あんた、ちょっと
マリア　♪ぶ厚いGパン引き裂いて
ケイスケ　歌うな！
マリア・エミコ　♪あいつは出ていったー　裂かないでGパンだけは　裂かないでGパンだけは
エミコ　ドラゴンボールの唄ってこれのパクリですよね
マリア　シャランラ
ケイスケ　誰ですかあ！　あんた、誰ですかあ！

マリア　……アキオちゃんあたしのこと言ってないんだ。……小せぇ男だな！　知ってるよ！　あんたたちアキオちゃんとバリ島行ったんでしょ？　……楽しかった？
エミコ　……おん
マリア　あんた
エミコ　はい
マリア　しゃっ（胸に触る）
エミコ　（ケイスケに）しゃって、やられた
マリア　世も末じゃ。今朝いきなりだよ！

ケイスケ、観念して話を聞こうと思う。

ケイスケ　……（マリアのテーブルに座って）エミコちゃん。とりあえず店閉めちゃおう

エミコ、クロウズドの札を持って、店を出る。

ケイスケ　……娘さんよお。この哀れなビッコに話してくれないかな。……何が切ないの？

マリア　今朝いきなりアキオちゃんから電話じゃん。やっぱり別れよう。ばか。最初、自分じゃん。プレゼント攻撃さあ。俺の作った焼き飯食わせたいって、嬉しいじゃん。焼き飯好きだもん。女の子用の脚立くれたのー。むかつくよ！　おどおどしてさあ。あたしの店に毎日だよ。毎晩よ！　やっぱり別れよう？　犬は信じちゃいけないよ

頭のなかでパズルを組み立てるケイスケ。

ケイスケ　……うん。だいたい、おおまかなことはわかったよ。あのね、僕はアキオちゃんの弟という立場上断言するけど、彼は（咳）えへへへん。理由もなしにそんなこと言う奴じゃないぞ

マリア　かもしんないけど、ひどいよ。あたしが、好きになってあげたんだよ。だって、あの人哀れなんだもん

ケイスケ　……愛ってのはね、そんなもんじゃありませんよ

ケイスケ、写真のパネルのところに行く。

エミコ、戻ってくる。

エミコ　するの!?　ケイスケさんの恋の話！　何か言うよ！

ユキヲ　母が出ていった後の、ドライブイン・カリフォルニアの日常は、ぬるーい退屈に覆われていた。その温さを辛うじて救っていたのは、切ないことにケイスケおじさんの胡散臭い恋の話だけだった。そう、彼のドラマチックな恋愛だけが、この店の14年という母の不在を埋めていたのだ

ケイスケ　こんな僕にも、恋人がいましてね。いやもう笑ってやってください、ブスっすよ

エミコ　謙遜

ケイスケ　写真家なんですよ。ほら、家の裏手、すごい竹林があるでしょ。竹の花が撮りたいって、全国旅してまわってるような、アウトドアな女なんだよね。……うちに泊まりにきたのが、……13年以上前かなあ。アキオちゃんが、マリエちゃんの結婚式に出るって、上京してるときだもんねえ。僕はほら（潤んだ目で）妾の子だから、遠慮して留守番してたのさ

エミコ　知ってます？　私もここ来て初めて聞いたんだけど。ね。（カウンターの裏に行き、窓を開ける）竹の花って、えーと？

ケイスケ　120年

エミコ　そう！　120年に一度しか咲かないんです

マリア　……へえ。つったら何？　生きてる間に見られない人もいるってこと？

ケイスケ　まあ、見たことある人のほうが少ないでしょうね。何しろ、花が咲くと竹林は

マリア　枯れちゃうんですよ。全滅。なぜかは解明されてない
ケイスケ　ふーん、不思議
（なぜかカクテルを作り始める）そんな出会えるか出会えないかの瞬間を求めて旅する女だったわけですよ。僕はほら（潤んだ目で）足が良くないから、そんなね、全国飛び回ってる、ロマンチシズムっていうんですかね、そういう生き方に一辺ではまっちゃってね
マリア　一目惚れなんだ
ケイスケ　（照れてシェイカーを振る）どうぞ（マリアにカクテルを出す）
マリア　え？　いいの？（飲む）あー、おいしい。おいしいカクテル飲むと、美人になった気がするのよね

ケイスケ、ラジオをつける。ムーディー。
踊り出すエミコ。

マリア　やめてよー。もっと美人になるー。ブスに戻んなきゃ。誰だかわかんなくなっちゃう。
ケイスケ　でも、結局花は咲かずじまいでね、アキオちゃんが東京から帰ってくるのとテレコで、出ていっちまったよ。情報が入ったんだ。北の町で竹林が開花する

マリア　かもしれないって。止めれなかった。何しろもう一瞬のことだから写真家としては躊躇してはいられないのさ……。

ケイスケ　追いかけたかったねえ（ひどいビッコで歩く）

エミコ　なんか、初め見たときより悪くなってない？

マリア　4日間。4日間が、すべてだったなあ

ケイスケ　会ってないんでしょ？　それから

マリア　別れちゃったの？

エミコ　（嬉しそうに）俺、アキオちゃんに100万円借金してるの

マリア　えっ？

ケイスケ　13年分の電話代

……続いてんだ

エミコ　ま、恋愛っていうよりアレかもね。夢だね。僕の代わりに夢見てもらってるっていうか

マリア　はー、いいなぁ。それに比べてあたしゃあって話ですよ

ユキヲ　何か、聞いてるだけで美人になれそうな話だね

この借金は、長い間にわたってケイスケおじさんとアキオおじさんの首をゆるく締め続けた。ケイスケおじさんは決して借金を返すことを許されなかったし。逆にアキオおじさんは、借金を帳消しにすることを許されなかった。……二人は、言ってみれば、お互いの善意でがんじがらめにされていたのだ

ユキヲ、消える。

ケイスケ　結局、不器用な男なんだよ、俺は。（エミコに）消せよ（ラジオを）

エミコ、ラジオを止める。

ケイスケ　（マリアに）あんた、アキオちゃんのこと本気で好きなの？「好きになってあげた」って何？　ちょっとひっかかるのよ。ごめんね、俺、不器用な恋しかしてきてないから、そういうなんか、イージーな恋愛、憧れるよねえ

マリア　……何が言いたいのよ

ケイスケ　もらったろ？　いっぱいもらったろ？　アキオちゃん、物で釣るタイプだからさ。クールだよなあ君たち。クールだよ、顔見せろ、クールだろ？　見せなさいよ、顔

マリア　……鏡見たい。トイレ借りてもいい？　あたし本当にブスになったかもしれない

マリア、どたどたと物にぶつかりながらトイレに駆け込む。

ケイスケ　（パンと手を叩いて）いじめちゃった
エミコ　いいんですよ
ケイスケ　……よくはないんだろうけど
エミコ　（かたづけながら）わっからないなあ
ケイスケ　何？
エミコ　店長の趣味
ケイスケ　それ！　それよ
エミコ　店長ってもっと……タイプ違う感じの人じゃないかなあ？
ケイスケ　うんうん

エミコ、ショーウィンドウからモチを出す。
モチを地面に捨てる。

ケイスケ　ん？
エミコ　拾いますよね、あの人（うなずく）
ケイスケ　……何してんの？　それ
エミコ　落ちてるモチ、すぐ拾う女ですよ、アレは。キャー、モチじゃあん、みたいな。
モチモチィ、みたいな。

ケイスケ　……（わかるようなわからないようような）お、おう
エミコ　でも、思うに店長のタイプって、何か素直にモチ拾えない人ですよね
ケイスケ　……そう？
エミコ　モチ見たらねえ、悩むタイプですよ。ええ？　わかんなーいみたいな。モチとか見えなーい。みたいな感じはする。
ケイスケ　お？　おん……エミコちゃん
エミコ　はい
ケイスケ　（笑）俺それ、わからないわ
エミコ　ええ？　……あ！

頭に三角帽をかぶったアキオ、上機嫌で入ってくる。

アキオ　（外に向かって）じゃあ子供たち、まったねーん
ケイスケ　……おかえり
アキオ　あ！　モチじゃーん！　（拾う）モチモチィ！
エミコ　……嘘ぉ！
アキオ　♪モチなんか見たくない、口づけのあとで（振り向いて）♪当たり前だっちゅうのー。

エミコ　……あ、あの
ケイスケ　子供相手にボランティアなんかやってる場合じゃねえぞ、アキオちゃんよお
アキオ　おう、バリ島から買ってきたあの冗談みたいに甘いやつ、子供たちにウケてた。そうだ。あれ、メニューに加えようか、ナシゴレン。目玉焼き乗っかってんのな。あれ、焼き飯だろ一応
ケイスケ　焼き飯は女に食わせてやれよ
アキオ　え？
ケイスケ　あれは何だ？　キャバレーか何かの女か
エミコ　（脚立を床に当てて鳴らして）おん！　（ダン）おん、おん！　（ダン、ダン）
アキオ　……マリエ、来たんか
ケイスケ　（眉を顰《ひそ》め）マリエ？
アキオ　あ、あ、違う違う。マリア。マリア。（ためいき）本町の飲み屋の、あの、女だよ
エミコ　マリア。あの人、マリアって言うんですか？
アキオ　偶然なんだよ
エミコ　……マリア！　何か、許せないなあそれ
ケイスケ　まあまあ
エミコ　絶対モチ拾わない名前ですよ。モチ拾うくせに
ケイスケ　それは置いとこうよ

アキオ　本名かどうか知らんけど。あー。畜生、店には来るなって言ったのに

ケイスケ　アキオちゃん。……座れ（ゆっくり振り向く）

アキオ、座っていた。
エミコに救いの視線を向ける。
困ったアキオ、立つ。

ケイスケ　座れって言ってんだよお！

アキオ、座る。
エミコもケイスケが座っていた向かい側に座る。

ケイスケ　いいのか？　アキオちゃんよお。女に潔癖なところ。それがあんたの売りじゃなかったわけ？

アキオ　売ってねえよ、そんなもん

ケイスケ　焼き飯えさに、水商売の女、転がして。ずいぶん汚れたことしてくれるなあ

アキオ　もともと汚れてらあ

ケイスケ　もっとさ、あんたには俺、日の当たる場所を歩いてほしいのな。道の真ん中をな。

アキオ　日陰は俺が歩くんだよ。俺の持ち場を荒らすなよ
あのな。俺はおまえが思ってるよりいい感じでやってるよ、やってたよ、あの女とは。……あの女、(笑) 目がいいんだよ。3・0。信じられる? 3・0ってのはさ、もう、何でも見えるってことだよ。それは、目が悪い俺にとってはすこぶる頼もしいことなんだよ
ケイスケ　じゃ、なんでポイと捨てる。水商売と付き合うのが問題じゃない。水商売をポイと捨てるのが、あんたらしくないってんだよ。もっとも、(床に向って) 親父の真似をしたいってのなら別だがね。四方八方に女つくっちゃ泣かせてたエロ親父のな!
アキオ　(もごもご) マリエが帰ってくるんだ
ケイスケ　え?
アキオ　(もごもご) マリエが帰ってくるんだ
ケイスケ　聞ーこーえーまーせん
アキオ　マリエが、帰ってくるんだ
ケイスケ　え?
アキオ　マリエが帰ってくるんだよ、この店に

間。

エミコ　ほんとですか？　マ、マリエさんが。（ポスターを振り返る）すごい！
アキオ　昨日連絡があった。甥っこのユキヲを連れて、帰ってくる
ケイスケ　（アキオの胸ぐらつかむ）何で黙ってた！　あ、あんたいつもそれだよ！　いつもそれだ！
アキオ　し、白黒つけてから言うつもりだった。へこんで。へこんだ形で、へっこんだ形でマリエを迎えてあげたいんだよ
ケイスケ　へ、へこんだ形だあ？　……40も過ぎて、なにシュールなこと言ってんだ！　殺すぞ！
エミコ　ほんとですよ
アキオ　傷ついて帰ってくるんだよ。な、何かこのへんカサブタみたいに出っ張って帰ってくんだよ。お、俺たちがへこんでさ、その穴にボコっと納まるように迎えてあげたいんだよ。俺が色恋ざたに浮かれて幸せそうな顔してたら、あいつ、居心地悪いだろ。マリエが来るのに、マリアがいるんだぞ。まずいじゃない。混乱を呼ぶじゃない。マリとマリがケンカしちゃうじゃない。シンプルになったほうがいいと思ったんだよ。マ、マリアも俺もやり直し効くでしょ？　でも、マリエはもう、ここでしかやり直し効かないんだから。（みながわかったような顔をしないので）俺の言葉、そんなだめ？

便所からマリア、出てくる。

マリア　……名前、変えていいよ

アキオ　マ、マ、マリア。（ケイスケに）なんで、いるって言わない？

ケイスケ　（頭を叩く）忘れてた

マリア　マリアってのがいけないんなら、変えてもいいよ。ごめんね。モチ拾わなそうな名前で

エミコ　……うっぷす

マリア　拾うもんね。モチ拾う女がマリアはないよね。モチ子でいい。今日からあたいモチ子でいいから、名字ヨモギ！　ヨモギモチ子でいいから……別れないでくれんか（泣きくずれる）

エミコ　ごめん！　ごめん！（マリアを抱きしめる）私、とんでもないこと言っちゃった

マリア　全然、美人じゃなかった。鏡見たら、全然美人じゃなかった。マリアじゃなかった。モチ子だった。歌ってよ！　カラーボールの歌を！　歌ってよ

エミコ　♪カラーボールがやってきた　トイレのにおいをチョチョイのチョイ　カラーボールが泣いている　おしっこかけないで

エミコ・マリア　♪ぐるぐる回っちゃう

ケイスケ　……仲良くなっちゃった

風。竹林がゆれる。

アキオ　……風が強くなってきた。また、祭りの季節だな

いつの間にか、という感じで、荷物を持ったマリエとユキヲがいる。

マリエ　……（笑顔）ただいま
アキオ　……おかえり。（マリアにチャーハン）食ってろ。（マリエに）出てったときより荷物がふえてるじゃないか（笑）
マリエ　お金のかかる荷物がね
アキオ　写真でしか会ったことないな。ユキヲくんかい

間。

ケイスケ　こんばんは。ケイスケおじさんだよ
アキオ　この子はアルバイトのエミコちゃん
エミコ　（マリエに一礼して）こんばんは

間。

エミコ　どうしたぁ？　耳聞こえないみたいだぞ
マリエ　この子、……耳に障がいがあるのよ
エミコ　……うーぷす
マリエ　（座る）父親が死んだときのショックでね。人の言葉が聞こえないの。不思議なものでね、ラジオとか、他の音は聞こえるのよ。（ためいき）弱い子だわ
ユキヲ　（客に向けて）正確に言おう。僕は、父の首吊り死体の第一発見者だった。誰かにこれを伝えなきゃいけない。それを僕の心は激しく拒絶した。それでも前向きな僕は、気持ちをねじ伏せて警察に電話してこう言った。「お父さんが首を吊った」。……その瞬間、その言葉が、僕に聞こえるすべての言葉を犠牲にしたんだ。自分のなかで自分がめくれる感じがして、それから僕は……人の言葉だけが聞こえない子供になった。……ただし、このあとすぐ、僕にはある特別な種類の人間の言葉だけは聞き取れるんだ、という大発見をする。……3分後のことだ
マリエ　（まわりを見渡し）しかし、嘘みたいに何にも変わってないわね。……まんまだわ。どっか、変わった？
ケイスケ・アキオ　カレーうどん、やめたんだ

マリエ　……そう。カレーうどんに何があったの？
アキオ　……いや、特に何も
マリエ　何かあったとしか思えない貼り紙じゃない
ケイスケ　何もない
アキオ　ないない
ケイスケ　なんにもないからこそ
ケイスケ・アキオ　カレーうどん、やめたんだ
全員　……おん
若松の声　入っていいかな
ケイスケ　はい？
マリエ　来てんのよ
アキオ　え？　誰？
マリエ　若松

若松が入ってくる。

若松　（一礼して）ご主人がなくなってから、またマネージメントを担当させていただいてます

マリエ　この人、今社長なのよ。生意気にも
アキオ　マネージメントって
若松　お湯もらえるかな。あと、こういうやつ。……洗面器

エミコ、うなずいて用意する。

アキオ　来るなんて聞いてないぞ
マリエ　私がまた歌うと思ってんのよ。この人
若松　マリエさんが落ち着いたら、帰ります
アキオ　落ち着いてるじゃないか！　お、落ち、落ち、落ち、落ち着いてるじゃないか！
ケイスケ　少なくともこの人よりは、落ち着いて見えますがね
若松　……何とでも言ってください。
アキオ　上等じゃねえか！（エミコにタイキック）
エミコ　なにゆえ！
若松　タレントの健康管理もマネージャーの役割ですから
アキオ　なにしてる

若松、洗面器にお湯と塩を入れ、かきまぜる。

マリエの靴を脱がせ、お湯につけ、もむ。

若松　……旅の疲れには塩もみがいいんです

マリエ　変態なのよ、この人

若松　……変態じゃない。職務に気持ち悪いくらい忠実なだけだ。

ケイスケ　(外の気配に)誰?

若松　……クリコ。ぼさっとしてないで入れ

なぜかサングラスにスカーフのクリコ、しょんぼりと入ってくる。

ケイスケ　あ、あんた

クリコ　……お邪魔します

ケイスケ、パネルのほうに行きカバーを外す。

ケイスケ　これにはまった人だ!

クリコ　ふっ。はまってませんにょ

ケイスケ　はまったはまった!　絶対はまった

クリコ　……（サングラスをとる）はまりました
ケイスケ　やっぱりね
若松　しばらく二階に泊めてください。……これが、一人で東京に残るのは淋しいと言うものですから
アキオ　……
マリエ　もういい（足で水をかける）
若松　おまえが淋しいんだよな
クリコ　淋しいんです。ごめんなさい。淋しいです
アキオ　……ケイスケ！　……おまえ何泣いてるんだ？

ケイスケ、泣いていた。

ケイスケ　この店の密度が、久しぶりの密度が嬉しくて

ケイスケ、厨房に去る。
ユキヲ、ラジオのところに座る。

マリエ　（マリアに気がつく）……あなたも、バイトさん？

マリア　……
マリエ　じゃなさそうね
マリア　あたし、あの、帰る
ふらふらとぶつかりながら二階に歩くマリア。
アキオ　お、俺の、婚約者だ
間。

アキオ　婚約、してんだ、この子と
マリエ　そうだったの?
マリア　(感激)アキオちゃん!
アキオ　見てのとおり、水商売やってるって形のな
マリア　えへへ、お酒つぎまーす
アキオ　視力3・0の女って形のな
マリア　見えますよー
マリエ　何さん?

マリア　マリ……（アキオに口ふさがれる）
アキオ　ヨモギ！　……ヨモギモチ子さんだ
マリア　……
マリエ　いい匂いのしそうな名前ね

間。
笑いをこらえているエミコ。

マリエ　そうか、じゃ、ゆくゆくは二人で店やるわけだ、よね……
アキオ　そうなる、かな
マリエ　あたし、ひょっとして、帰っちゃ迷惑だったりして
アキオ　今日別れるんだ
マリア　ぎゃーーーー

ラジオをつけるユキヲ。
うるさく音楽。

マリエ　こら！　ユキヲ！　音でかいよ！

床を跳ね上げて、めくらの親父ショウゾウが顔を出す。

ショウゾウ　な、何だ？　どうしたどうした

マリエ　と、父ちゃん！

若松　……父ちゃん？

ユキヲ　聞こえた！　今、聞こえた！

マリエ　……？

アキオ　何でもない！　ひっこめ、幽霊親父！

ショウゾウ　けちんぼ！

ユキヲ　けちんぼって言った！

アキオ　ひっこめ！　めくら親父！　（アキオ、床板を蹴っ飛ばす）

床に消えるショウゾウ。

マリエ　……（ユキヲに）あんた

カメラを手に、葉巻をくわえて、ケイスケ登場。

間。

ケイスケ　さあさあ、みんな、記念写真撮るぞ！　記念写真！
エミコ　ケイスケさん、それいい、グーよ！　ね、店長！
アキオ　俺は……
ケイスケ　何言ってんだよアキオちゃん！　考えてもみなよ。この店にこんなに大勢の人間が集まったなんて、何年ぶりだ？　いい悪いじゃないぞ。珍しいじゃない？　珍しいときにはとりあえず記念写真だよ。それが、観光地に住む人間の宿命さ。な、マリエちゃん
マリエ　そうだね！
エミコ　きゃあああ！　マリエさんと一緒に写真が取れる！　（マリアに）あんたも、ね、マリエさんのファンだったんだよね！　モチ子先生！
マリア　……あ、アハハ、ま、まあ
エミコ　♪分厚いGパン引き裂いて、あいつは出ていったー
若松　（嬉しい）知ってんのか、君！
エミコ　♪裂かないで、Gパンだけは

エミコ・マリア　♪裂かないで、Gパンだけは
エミコ・マリア・マリエ　♪裂かないで、Gパンだけは
エミコ・マリア・マリエ・クリコ　♪裂かないで、ドラゴンボール

全員、笑う。

若松　（嬉しい）パクリだよなあ、ドラゴンボール。
全員　シャランラ
若松　思うでしょ。やっぱり、思うよな
マリエ　（おかしい）はー、くーだらない歌
若松　……
ケイスケ　はいはい、ドラゴンボールもさることながら、（パネルのほうをさして）みんなこっち来て、並んで並んで！
エミコ　ほら、ユキヲ君もラジオ聞いてないで、写る写る！（ユキヲを抱き寄せる）

一瞬、静寂。
ひきつるユキヲ。

ユキヲ　（客に）この時、エミコちゃんのおっぱいが僕の後頭部に、恭《うやうや》しくも押しつけられていたことを誰も知らない

再び、喧騒。

ケイスケ　あーあー、クリコさんだっけ。あなたの定位置はそこでしょ
マリエ　（パネルを指差し）あな、あな、あな！
クリコ　まずいっす、それは、まずいですよ
ケイスケ　おめでたい日なんだから
クリコ　いえ、主人にきつくあれされてますから
マリエ　若松ー
若松　許可しましょう
クリコ　ええ!?
若松　今日は特別だ。クリコ。顔出せ。思うさま、出せ
マリエ　お許し出たぞ
クリコ　じ、じゃあ、抜けなくならないように、ちょっとだけ。（笑）プライド傷つくー
ケイスケ　顔伝説、再びー。ほら、兄貴。入って入って。あ、ゴメン、エミコちゃん、気が

散るからラジオ止めて

エミコ　あいよっ

浅く穴に顔を入れるクリコ。
エミコ、ラジオを止める。

エミコ　……（振り返って）あたし、なんだか、うれしいです。何か、わいわいしてるのダメかと思ってたけど、海外旅行とか連れてってくれるしマリエさん……ね、綺麗だし。なんか、いいですね、ここの人たち。なんかあたし、この店、好きです。いい、感じ。だから店長、笑って店長、お願い、一緒、写真写りましょう

アキオ　…………（列に並ぶ）けつ蹴ってごめんね
エミコ　そんなの忘れたよぅ
アキオ・エミコ　エへっ
ケイスケ　……え、えへへ、じゃあ行きますよ。ドライブイン・カリフォルニアに、何だか人間が大勢集まっちゃったのを記念して、チーズ！

タイマーをセットして、列に駆け込むケイスケ。

さえない背広の男・大辻、赤ん坊を背負って現われる。

大辻　……

エミコ　(ばつが悪い) 何で来たの？

大辻　(はにかんで) 来ちゃったんだ

エミコ　……来ちゃったんだじゃなくてさ

ケイスケ　誰、この人

エミコ　……だー (パネルを押す)

クリコ　アッ (パネルに、ががとはまる)

エミコ　言いたくないなー

大辻　あのー、エミコがお世話になってます。私、大辻と申します。エミコの、元亭主です

ケイスケ　ええ？

大辻　ほら、淳助、ママでしゅよー。寝てんのか？　……ママでしゅよー

ケイスケ　エミコちゃん、あんた、子持ちかい？

エミコ　……(顔を赤くしている)

クリコ　(ケイスケに) さっき、ががって……

シャッター音がして、全員ストップモーション。
ユキヲが客席のほうを振り向くと、舞台は溶暗。

ユキヲ　これでこのドライブイン・カリフォルニアの物語を語るのに必要な人物はすべて出揃ったことになる。最後に現われた大辻という男は、エミコちゃんの高校時代の美術教師だった。卒業前の生徒と恋に落ちて、子供まで作ってしまった彼は、学校を退職して、才能もないのに売れないマンガをせっせと書いている。そういう男だ。ま、それはともかく、この日僕が出会った人々のなかで一番印象に残った人物に、僕は夜遅くもう一度会っている。それはもちろん、母からは20年も前に死んだと聞かされていた人。僕のおじいちゃんの、我孫子《あびこ》ショウゾウだ

深夜。薄明りのなか、そろりそろりと歩いてくるユキヲ。
床板が上がった辺りをノックする。
さっと隠れるユキヲ。
ゆっくりと開く床板。
サングラスに白髪。杖をついた老人、ショウゾウがよたよたと現われる。

ショウゾウ　うるさいなぁ…………ユキヲか。ユキヲだろ?

ユキヲ　（現われて）やっぱり聞こえるわ
ショウゾウ　何だって？
杖で椅子を探し、座るショウゾウ。
ショウゾウ　わしね、目がほとんど見えんのよ
ユキヲ　……うん
ショウゾウ　後ろのな、カウンターのなかに、ジョニ黒というのがあると思うんだ。一杯ついでくれんかな
ユキヲ　うん
ユキヲ、カウンターの裏に入る。
ショウゾウ　視力は？　おまえ、視力はどうなのか
ユキヲ　悪い。０・０３くらい
ショウゾウ　おまえも、「めっちゃ」って言うのか
ユキヲ　え？
ショウゾウ　「めっちゃウケる」とか言うのか？

ユキヲ　ああ、まあ
ショウゾウ　「じぇじぇじぇ」とか、言わんのか
ユキヲ　ええ？　（笑）言わないかな？
ショウゾウ　「やばたにえん」とか、どうなのか。……なんなのか
ユキヲ　何なのかって言われても。（ジョニ黒をついだ）はい
ショウゾウ　（笑う）地下からアンテナはってんのさ。……そうか、その年で、０・０３は「めっちゃウケる」ね
ユキヲ　それ、言われたことがある
ショウゾウ　（酒を飲んで）うまい。やっぱりなあ、血なんだなあ
ユキヲ　血？
ショウゾウ　我孫子家の歴史は目の悪い人間の歴史なのさ。まあ、俺の場合はあれだがね。昔、ちょっと若いのに殴られて、急激に悪くなったんだけども
ユキヲ　なんでさ
ショウゾウ　あ？
ユキヲ　死んだことになってるの。お母さんには、おじいちゃんは海に落ちて死んだって聞いてるよ。死体も上がらなかったたって
ショウゾウ　……ま、それについてはおいおい話すさ。そうだ、おまえのお母さんな。なんでマリエって名前か知ってる？

ユキヲ　知らない
ショウゾウ　昔、となり町で、祭りがあってな、そこで何か保健所の連中が視力コンクールっちゅうのをやったんさ
ユキヲ　視力コンクール？
ショウゾウ　町一番、目がいい人間を表彰すっていうのさ。それで1位になった女、確かへたすると4・1とか2とかそんなあれだったぞ、化けもんよ。その女の名前が忘れもせん石垣マリヨって名前だったんさ。そっからとったのな。賞品がせこかったんよ。モチ。でも、喜んどったなあ。モチだモチだあって。うん、35年たってもあの喜びざまは忘れんね
ユキヲ　4・1ってのはすごいね
ショウゾウ　せっかくそんな名前なのになあ。マリエも結局、ど近眼だろ？
ユキヲ　血は争えないってやつだね

物音がする。

ショウゾウ　……おい、か、隠してくれ
ユキヲ　え？　何で？
ショウゾウ　あんまり上に来ちゃいかんのだ、俺

ユキヲ、ショウゾウを物陰に隠す。
二階から転げ落ちる音。
ドアを開けてケイスケがまろび出る。

ケイスケ　アー、いて、階段。畜生

ビッコをひいているが、足が違う。

ケイスケ　♪ちゃんとしなよ、足が痛いぜ……本当にビッコひいちゃったよ

電話のところに行き、電話をかける。

ケイスケ　……(陰気に)いてえよ。足打っちゃったよ、バカ野郎

間。

笑うケイスケ。

ケイスケ　……俺だよ。元気？（電話切られてまたかけなおす）……切んなよ。切ってるとまた3時すぎにかけるぞ。……OK？　辛いだろ、それはお互いさ。覚えな、いい加減に。（切ってまたかけなおす）な、切る権利は俺にしかないわけ。覚えた？　俺はあんたの電話番号知ってるけど、あんたは俺のこと何にも知らないんだから。な。ルールだ。……あ、そう？　もう、1年になるのか。頑張ってるほうだよ、あんた。電話番号変える奴とかな。引っ越した奴もいたしな。……ふーん。忙しいんだね。（ガチャンと切る。切ってまたかける）こういうのも腹立つでしょ。なごみトークかと思わせて、ガチャンと切るのな。これ。いやーな感じがするね。これ、いやーね。（笑）今日ゴメンな、勝手に盛り上がって。ちょっと、ハイなんだ。（切る。またかける）……ごめんな。俺もやりたくてやってる訳じゃないんだよ。ふふ。今日はちょっと特別な日だから、これくらいにしとこうか。……またな、知らないおっさん

電話を切り、足を引きずりながら歩くケイスケ。

ケイスケ　明日、両足ビッコひかなきゃいけねえのかな、俺（笑）

二階に去るケイスケ。

出てくるショウゾウとユキヲ。

ショウゾウ　……ちょっと聞いた？　ケイスケの奴（笑う）

ユキヲ　……

ショウゾウ　ん？

ユキヲ　（首を振り）……やっぱりね

ショウゾウ　何？

ユキヲ　聞こえないんだ。僕、黙ってたけど、耳が聞こえないんだ。人間の声が。精神的なあれでだけど

ショウゾウ　え？　だっておまえ

ユキヲ　おじいちゃんの声だけは聞こえる。そう言えば東京で、片腕のない人に道を聞かれたときも、聞こえてびっくりした

ショウゾウ　妙だな

ユキヲ　ね、ケイスケおじさんの悪い足ってどっちだっけ

ショウゾウ　……うーと、よく覚えちゃいないが、こっちだかな？

ユキヲ　……ふーん

ショウゾウ　何だ？

ユキヲ　さっき、違う足をひきずってた

ショウゾウ　……面白いじゃない
ユキヲ　ねえ、ケイスケおじさんは何を話してたの？　おじいちゃん。様子変だったよね
ショウゾウ　ユキヲ
ユキヲ　はい
ショウゾウ　……わしとあんたはタッグを組んだほうがよさそうだな

ショウゾウ、手探りでカウンターの裏を探る。

ショウゾウ　……あった。ユキヲ。これからはここがおまえの定位置だ
ユキヲ　何？
ショウゾウ　見ろ

隠しマイクが出てくる。

ユキヲ　あっ、マイク
ショウゾウ　目が完全に見えなくなる前に取り付けたのさ。地下に繋がってる。だから、この辺りで展開する情報は俺、詳しいのよ。聞こえたことはお前に教えるから、おまえは見たことを教えてくれ

ユキヲ　サー、イエッサー

ショウゾウ　よし、いい子だ。（ユキヲに連れられて穴に戻る）な、おれもおまえもこの家じゃ傍観者だ。だけど、傍観者にだって知る自由はある。（笑）傍観者だからこそ、正しく知れる。そういうことだ

二人、握手する。

ショウゾウ、床の穴を閉じる。
すぐ開けて出てくる。

ショウゾウ　忘れとった。（神棚のほうに向い、柏手を打つ）おまえもやれ

ユキヲ　何？

ショウゾウ　竹の神様に挨拶

ユキヲ　あーん。ちょっと、そういうのは。僕、基本的に無宗教なのね

ショウゾウ　……それさ、「なしよりのなし」だぜ

ユキヲ　何のためにそういう言葉知ってんの？

ショウゾウ　ユキヲちゃんよ。我孫子家ってのはあれだぞ。竹の神様あっての一族なんだから。

ユキヲ　おまえ、マリエにマレゴト師の話を聞いてないのか？

ユキヲ　……マレゴト師？

間。

ショウゾウ　……ユキヲ。おまえはな、この竹芳養町に300年伝わるマレゴト師の末裔《まつえい》なのだよ

音楽。風。竹林が浮かび上がる。

振り返る二人。

ユキヲ　何さ？　マレゴトって

ショウゾウ　……俺たちの土地で言う、天災のことだ。災い。地震だの台風だののことをマレゴトって言うんさ。この町はほれ。でかい竹林を背に広がっとるだろう。これが、南の海からの嵐や、津波から守ってくれてえる。竹林ってのは、地下茎で、がっちり地面のなかでつながっとるから、地崩れもおきにくい。地震の時は林のなかに逃げ込めばまず大丈夫。工芸品にもなるし、筍《たけのこ》も食える。すなわち竹神様に守られてる。だから、俺たちにとって災いは、まれなこと

ユキヲ　つまり、マレゴト
ショウゾウ　そのとおり。ところが、マレゴトってのは実は悪いことばかりじゃないってのがややこしい
ユキヲ　というと？
ショウゾウ　面白い。地震とか、台風とか、どうだ。恐いけど、わくわくするだろう。パニクる？　パニクってるときは、大抵、人は半笑いさ。そこで昔の人は偉いことを考えたもんよ。年に一度、祭りの日に、わざと災害を起こしてまわるマレゴト師という役割を作ったんさ。田圃《たんぼ》に火をつけるもよし、町中の人間を棍棒で殴ってまわってもよし。とにかく、大騒ぎを起こすんさ。町の人間は、その話題で、なんとか一年過ごすんだ。ただし、天災ってのは、誰に降ってくるかわからんもんだ。そこで、お上はわざわざ目の見えん人間にマレゴトを起こさせた。……わかるな
ユキヲ　え？　それって……
ショウゾウ　３００年前、マレゴト師に選ばれた目を病んだ宿屋の主人。それが、わしらの先祖なのさ
溶暗。
ショウゾウ、引っ込む。

ユキヲ　（カウンターの椅子に座り）おじいちゃんは、それから、5分後、ちょっとどきっとすることをさらっと言ってのけた

ショウゾウの声　でもな、大概のマレゴトはシャレで終わった。我孫子家で一番すごいマレゴトをやったのは、実は俺なんだ。マリエはまだ高校生だったなあ。それ以来、この慣習は中止になってしまった。……そう、あれは、おまえのおばあちゃん、ま、俺のかみさんの初子《はっこ》な。初子が、裏の竹林で首をくくった年だった

明るくなると、エミコがテーブルで、ユキヲがカウンターで勉強している。

別のテーブルでは大辻がマジックで絵を描いている。何か、人が叫んでるTシャツを着ている。

その傍らに、乳母車に乗って眠る赤ん坊。

窓の外で若松が電話している。祭り太鼓が時々遠くに響いている。

ユキヲ　それから、一か月。母のおかげでドライブイン・カリフォルニアは、表向き活気を取り戻しているかに見えた。……いまわしいあの葛籠《つづら》、が発見されるまで

若松　……おい、そのな、新人のプロフィール写真逆さまにしてみろ。逆さまに見ても魅力あるか？　要は顔だぞ。逆さまに堪《た》えりゃお前、本物なんじゃないの。ああ、うん。……じゃ、ちょくちょく連絡入れろよ（切る）

窓の外に、クリコが顔を出す。

クリコ　(手袋に、筍を握ってる) ほら、こんなおっきいのとれた！　面白い！　あははは。あなたも見てないで掘ればいいのに

若松　いや。いい

クリコ　面白いの。面白いの

若松　背広着てるから

クリコ　(笑う) 背広の人が一番偉い国。それが、にっぽん。わんわん。

若松　……おまえ、なんか妙にここに馴染んでるな

クリコ　エミコさん。あそこのさ、何か小さな小屋みたいなの、あれ、何？

エミコ　ああ、昔、倉庫に使ってたらしいですよ。今、なんか鍵なくしちゃって、開かなくなってるって言ってました

クリコ　何か、犬みたいなの乗っかってますね。屋根に。あれ、シーサーでしょ？

若松　シーサー？

二階からドレスを着てマリエが降りてくる。

マリエ　島の守り神よ。小屋作った職人さんが島の人でね、島風の屋根にしてもらったの

若松　……

エミコ　きれい

マリエ　恥ずかしいわ。10年も前に作った服よ。これでいいの？　若松

若松　OK。じゃ、本町でやるイベントの衣装それで決まりってことだな

マリエ　歌えるのかなあ、私

若松　あんたなら大丈夫（何度もうなずく）

クリコ　……さて、私はもっと、たくさん筍をとることにしましょう

クリコ、去ろうとする。

若松　おい

クリコ　はい

若松　パンツ出てる

クリコ　……おしゃれと思って出してるんです。見せんがために見せてるんです。あなた、黒人のこと、なにもわかってない！

若松　おまえ黒人じゃないだろう

クリコ、去る。

煙草に火をつけるマリエ。

マリエ　大辻さん、すいませんね。ユキヲの勉強まで見てもらって

大辻　いえいえ。もう、無理言ってお邪魔させてもらってるんで

マリエ　大辻さん。叫んでいるわ

大辻　え?

マリエ　Tシャツが

大辻　(照れる)ああ……。Tシャツも叫びたいです。Tシャツも叫びたいです

エミコ　2回言わなくていい

大辻　(Tシャツに叫ばせる)黙って勉強しろー。ふっ。代わりに叫ばせるという間。

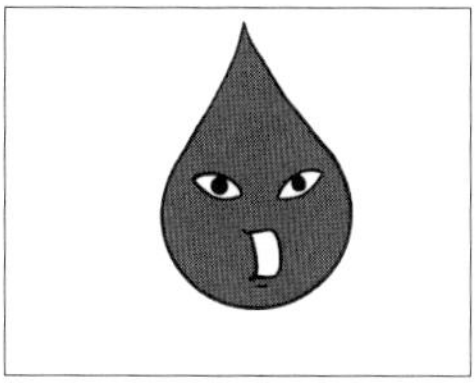

マリエ　……で、何なんですかそれ
大辻　シズク君です。あ、シズク君です
マリエ　……はあ、シズク
大辻　今ちょっと考えてるマンガのキャラクターなんですよね。シズクから生まれたんですよね。シズクの国から垂れてきたんですよね
マリエ　何で叫んでるの？
大辻　生まれたてだから
マリエ　え？
大辻　生まれるときって、叫ぶじゃないですか。「にんぎょーの久月《きゅうげつ》！」とか
マリエ　いや、人形の久月とは叫ばないでしょうけど
大辻　（エミコに）おい、寝るな！
エミコ　（うつらうつらしていた）はっ！　やばいやばい
大辻　こいつ
エミコ　ふん。こいつって言わないで。もう、別れたんだから
大辻　（耳を叩く）あーあー。聞ーこーえーなーい
エミコ　他人なの
大辻　スリーパーホールド（エミコにスリーパーホールドをかける）
エミコ　よけいねるー、よけいねるー

大辻　おっといけない
エミコ　してやったり。（大辻に背中を叩かれる）何よ
大辻　暴力だよ
エミコ　おん
大辻　結婚しようが別れようが、おまえの先生だってことには変わりません。おまえの親父さんに僕は約束したんだから。とにかく高校卒業の資格だけは絶対取らせるってな
エミコ　もー、一年も勉強してないのにこんなのわかんないよ。ログとかベクトルとかいつまでも終わんないほうが、こっちはいいんだぜ。おまえが大検取るまでは離れないんだから
エミコ　……さ、勉強しよ勉強
若松　いい悪いは別として、おたく、先生ぽくないよね
大辻　ふん。その、先生ぽくなさにだまされよったわけですわ。子供、産まされよったわけですわ。その、ぽくなさにポクなさに？　かわいいな。ぽくなさに何かあると思ったわけですわ
エミコ　実は何にもなかったわけですわ
マリエ　（エミコに）はい、精力つけて、白いのがブクブクしているの。でもねえ、マンガ家さんなんでしょ

大辻　違います。僕は宇宙船地球号の乗組員です
マリエ　……そうだったの。ごめん
エミコ　(嫌) 恐いんですよ、この人の描くマンガ
大辻　恐いもんか。おまえ、大辻先生のマンガが読めるのはエミコだけ、という贅沢な一人『少年ジャンプ』状態をむげにしてえ
エミコ　あれなんだっけ？　まだ夢に出るんだけど
大辻　石丸さん？　ええとね、アイデアノートを出しましてと、(スケッチブックを探して) これ

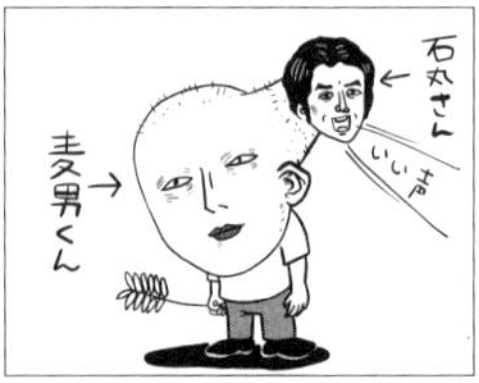

マリエ　……石丸さん……
大辻　ああ、こっちは麦男《ムギお》くん。麦《ムギ》が大好きなんです。麦に左右される男なんです。

それを世のなか麦だけじゃないぞと、いさめるのが、彼の頭についてる先輩の石丸さんなんです

若松　いい声なんだ

大辻　関係ないから

若松　石丸さんならいい声だろ

大辻　関係ねえし

エミコ　やめてよ、もう。夢に出るから

大辻　何で頭についてるんですかねえ？　いい奴なんだけど、それが欠点なんですね

エミコ　発想がガキなのよ！

大辻　こいつね。子供が嫌いなんですよ

エミコ　違うよ！

大辻　淳助が内山くんに似てるのが気に入らないんです

エミコ　違うよ。似てるけど、違う

大辻　おまえな、自分が産んだ子供を初めて見た第一声が、「げっ、内山くんに似てる」。それはないだろ。俺は今でも忘れられないよ

若松　（乳母車を覗き込んで）……確かに似てるけど、赤ん坊というものは概《おおむ》ね内山くんに似てるものだよ

大辻　ちょっと待て、内山さんだろ

若松　だって、お前が内山くんて
エミコ　この人のお母さんが、内山くんに激似なんですよ
大辻　隔世遺伝なんです。もう、この時点でここまで内山くんに似てるということは、大きくなったら内山くんになるということです
若松　そういうことにはならないだろう
大辻　そんな意見は聞いてねえし
若松　おまえ、なんだよ、さっきから！

火がついたように泣きだす赤ん坊。

大辻　何すんですかあ！
若松　ご、ごめん

マリエ、子供を抱きかかえる。

マリエ　よしよしよしよし、恐かったねえ。恐かったねえ。あのおじちゃん、ヤクザだからねえ。ママですよー。ママのおっぱいに突撃だ〜

徐々に泣きやむ子供。

マリエ　ほい。泣き止んだ

音楽。
不意に竹林が浮かび上がり、マリエ、聖母のように男たちの目には映る。
林のなかを、クリコが筍を抱えたすごい形相のスローモーションで駆け抜ける。

クリコ　出たあ!!
若松　……今、何か聞こえなかったか?
マリエ　さ、上行って着替えてこましたりましょ。はい、パス

マリエ、若松に子供を渡す。

若松　お、おい
マリエ　そんな顔して子供好きだって、知ってんだから
若松　……俺は
マリエ　子供好き

マリエ、去る。

大辻・エミコ　……（若松に）返してください

若松　いや、違う。そういう変な子供好きじゃないよ！

エミコ　……

大辻　エミコ、子供の幸せってのは、何だ。母親の腕に抱かれるってことなんじゃないか。（叫ぶ）俺にまともなこと言わせるな！（レジから小銭を取って投げながらエミコを追う）

エミコ　……

大辻　かっこいいね君は。……若松さん、この人ね、病気なの

若松　病気？

エミコ　やめろ

うつむくエミコ。

ユキヲ、エミコをカウンターに連れてゆく。

大辻、追いかける。

大辻　泣いたことないんですよ。生まれつき涙が出ない体質なんです

エミコ　（ユキヲに戸惑いながらも）ほっといてよ

大辻　人間、泣いたら負けっていうじゃないですか。こいつはね、勝ち札を持って生まれてきたんですよ。かっこいいはずだよな。でもな、最初からゲタはいた人間に人生の真実が見えると思うな。人間の真実ってのはな、涙の向う側にあるもんだ！

立ち上がり、テレビをつけるエミコ。

画面にユキヲが現われる。

ユキヲ　泣いたことがない、それは本当だった。そして、形から悲しみに入れない分、エミコちゃんがドライと言われる性格であることも確かだった。でも、僕が死んだとき、彼女は一生懸命泣こうとしてくれた。それが、例え、泣いてしまったほうが気持ちいいからという理由であっても、幽霊の僕は、実はだいぶ嬉しかったんだ

テレビを消す大辻。

大辻　テレビ見るな。だぁ！（窓を開ける）せめて、高校卒業するくらいのペナルティーは背負え

筍を抱えて、すごい形相のクリコが窓から入ってくる。
腰を抜かす大辻。

若松　ど、どうした？（窓から入ってくる）
クリコ　げーげーげー
エミコ　！
大辻　どうした
クリコ　見た！……見た！　は、林のなかに、いた
若松　何を見たんだ、クリコ！
クリコ　なんまんだぶなんまんだぶ（椅子を持ってきて、神棚のところに置き、それに乗って拝む）
若松　神棚になんまんだぶは、よくない

アキオとケイスケとマリア、入ってくる。

ケイスケ　じゃあな！　子供たち！
アキオ　まったねーん！
マリア　ばいばーい
アキオ　（カバンから巨大なバウムクーヘンを出す）♪バームクーヘーン

三人、笑う。

エミコ　おかえりなさい
マリア　この人にも
アキオ　♪バームクーヘーン
エミコ　くさい。なんで？
アキオ　え？　毎日さわってるからかな？
ケイスケ　（クリコを見た）何してんの。この人
若松　いや、その、多分なんでもないと思う
ケイスケ　……そんなふうにはとても思えないけど
大辻　僕ね僕ね。エミコがドライブインでバイトしてるって聞いて、ものすごく心配だったんです。ドライブインてほら、ツッパリが、こうやってたむろってるって、なんか印象じゃないですか

マリア　そんなわけないじゃん
大辻　でも、あなたたちが、孤児院の少年たち相手にボランティア活動をしてるって聞いて、何か、ぼかぁ胸を打たれちゃって
ケイスケ　いやあ、手遊び手遊び
アキオ　親父のやったことのね、尻拭いですよ
大辻　尻拭い？

竹林が浮かび上がり、マレゴト師の衣装を着たショウゾウが松明《たいまつ》を持って歩いているのが見える。

ユキヲ　（客に）おじいちゃんは、おばあちゃんが自殺した祭りの日、やけを起こしてマレゴトをやりすぎたんだ。その夜、おじいちゃんはマレゴト師の衣装を着て町に現われ、民家8軒を全焼させ、5人の重傷者を出した。しゃれにならんと町の人に追い詰められたおじいちゃんは、海辺の岸壁まで行って、大きな岩を海に投げ込んだ。（ボチャーンと音）水音を聞いた町の人々は誰もが、彼が海に身を投げたと思った。だけど、おじいちゃんは、こっそり家に帰り、そして今にいたるまで、ドライブイン・カリフォルニアの地下に潜んでいるんだ。ボランティアは、アキオおじさんによる、我孫子家の名誉回復のための苦肉の策だった。そしてそれは、ほどほどにうまくいっていた

大辻　僕ね、僕ね。紙芝居を描いたんです。それ、あの、差し出がましいようですが子供たちにどうかと思って

アキオ　いいじゃない！　それ

マリア　あ！　見たい見たい

大辻　さ、（ひどいだみ声で）紙芝居のおじさんだよー。紙芝居が始まるよー

アキオ　紙芝居屋さんに対する偏見がすごいな

大辻、準備をする。

マリアとケイスケ、拍手。

大辻　今回は

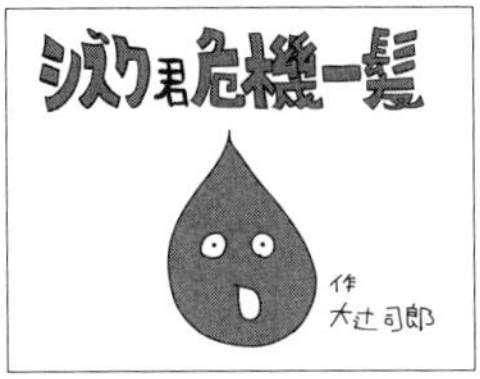

①『シズク君危機一髪の巻』ー。

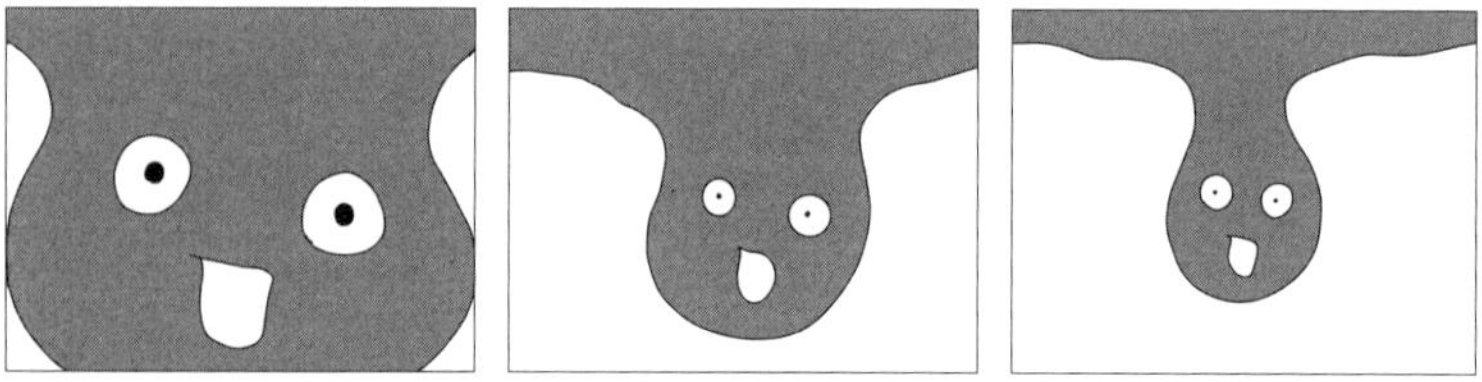

②ある日、シズク君が何も考えずに、屋根から垂れようとしていました。

③本当に何も考えてません。

④心底、何も考えてません。すると……

⑤あっ。

⑥ああっ。

⑦ひあああー！

ケイスケ　なんなんだよ
大辻　うるさい、じじい。

⑧見ると向こうから、
シズク君のライバル、
ホノオ君が
歩いてくるではありませんか。

⑨ホノオ君が
ゆっくり歩いてきます。

⑩まだまだ、
歩いてきます。

若松　さっきから思ってたんだが、これ、紙芝居なんだから、そんなに細かく割る必要ないんじゃないか

突然、⑪町中パニックのシーン。

大辻　うわあああああ！

アキオ　何で急にそんなことになるんだよ!?

大辻　これはシズク君の心象風景です。なぜならホノオ君は、シズク君の大好物の肉をもっていたからです。

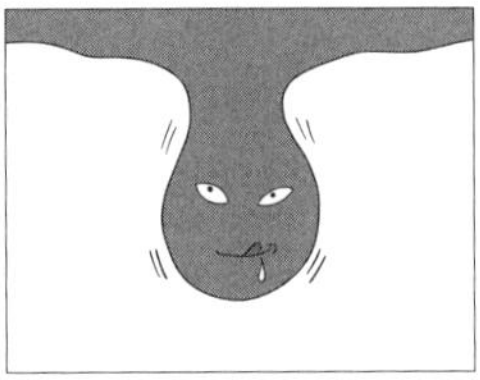

⑫よーし何としてでもあの肉を手に入れてやる。
そうだ、ホノオ君がちょうど僕の下を通るときに上からポタリと垂れてやれ。
そうすればホノオはじゅっと消える。
肉はいただきだあ。

アキオ　やっと紙芝居らしくなってきた

⑬町中パニックのシーン。

大辻　うわああああああ

アキオ　何でだよ！　何でだよ！　（つかみかかろうとする）
大辻　心象風景だって言ってるじゃないか！
アキオ　で、どうなるんだよこの野郎。殺すぞこの野郎！
大辻　シズク君は、ホノオ君目がけて垂れました

⑭えい！

⑮えい！

⑯えい！

⑰えい！（同じ絵が四つ）

若松　もう、やめとけよ！

大辻　あっ！

⑱何と、
ホノオ君は予想に反して
めちゃめちゃでかいホノオだったのです。
……じゅっ。
シズク君は蒸発してしまいました。

大辻　おしまい
全員　えっ！
大辻　あと、紙が余ったんで

⑲ＳＡＭの似顔絵です。

アキオ　（若松に）殴っていいよ
若松　では……

大辻、逃げる。

エミコ　……しょうもな！
大辻　……うるせえ中卒
エミコ　売れないよ、あんたの漫画なんか！
大辻　また簡単なこと言うんだなあ
エミコ　はあ？
大辻　俺の漫画が売れないなんて言うの、誰でもすぐ言える簡単なことよ。おまえは全部、近道。俺と結婚したのも近道。離婚も近道。でも近道ばっかり探して生きて、結局、今頃、高校の勉強しなくちゃなんない。このなかで一番遠回りしてるってわかるだろ？
エミコ　うるさいなあ！
大辻　人生に近道なんてないんだよ！
エミコ　屁理屈ぶた野郎！

エミコ、大辻につかみかかる。
よろけた大辻、クリコにぶつかる。

クリコ　あ！　あ！　（神棚につかまる）

若松　危ない！

クリコ、何かをつかんで倒れる。
レントゲン写真の封筒だった。
私服のマリエ、現われる。

マリエ　どうしたの？
若松　オイ！　クリコ

若松、クリコを偶然、床板の上に寝かせる。
ユキヲ、封筒を取る。
全員、カウンターのほうに寄る。

大辻　なぜそういつも、自分のテリトリーに
ケイスケ　……石垣マリエ……（封筒から写真を出す）
アキオ　あ
マリエ　……思い出した
ケイスケ　これ、アレだよ、アキオちゃんがずいぶん昔、な。あー。忘れてた

マリエ　そうよ。ずいぶん昔、ほら、お兄ちゃんが、私と同じ名前だとか言って、拾ってきたレントゲン写真。うわー。懐かしい。私、これ持って踊ったのよ。こうやって

マリア　……それ、あたしのおばあちゃんだ

間。

全員　……ええ？

マリア　だって、あたしのお母ちゃん、石垣マリヨでしょ。あたし、そっからとって、マリアって名前なのね。で。お母ちゃんの名前は、おばあちゃんのマリエからとったの。マリエ、マリヨ、マリア

ケイスケ　え？　だってこの人、大正の……

マリア　うん。まだ生きてる。１０２歳

マリエ　ええ？　マリエ、まだ生きてんの？

マリア　あのね。そう言えば、あたしが子供の頃、おばあちゃんが、祭りの時に食べたモチで、お腹痛くなって、病院行ってレントゲン撮ったのよ

エミコ　……おばあちゃんまでモチ拾う女だったんだ

マリア　悪かったね。そいで、医者が、そうそう、いっぺんどこかでなくして、もう一回撮りなおしたのよ。げ、まじ？

マリア、レントゲンをひったくって凝視する。

マリア　やっぱり
アキオ　なんだよ？
マリア　鍵
若松　鍵？　どこだよ
マリア　ここ。柄《え》のところにシーサーの浮き彫りがしてあるでしょ
若松　まったく見えない
マリア　ここ。ガオーって。牙《きば》出してる
アキオ　やっぱりすごいや、3・0
マリア　ふふ！

マリア、ハンドバッグをあさる。

マリア　レントゲン撮った時点では、いずれ出てくるでしょうってことで、帰されたのよ。それが、こないだ

バッグから鍵を出す。

マリア　ほら！　去年おばあちゃんが、くしゃみした拍子に出てきたの！

クリコの体が一瞬バウンドする。

大辻　なにこれ？
若松　寝相が悪いんだ
エミコ　すごい……
マリア　ね。シーサーの浮き彫りがあるでしょ。あたし、お守りにもらったんだ

みんなで、鍵を見る。

ケイスケ　アキオちゃん。これ、ひょっとして
アキオ　……そうだよ、これ
マリエ　倉庫の鍵？
エミコ　あ、あの、シーサーの
若松　できすぎじゃないか？

アキオ　いや。確かシーサーの形だった。何でモチに入ってたのかわかんないけど、確かに家の鍵だ

はねまくるクリコの体。

若松　寝てるときが、一番元気がいいんだ
大辻　ね、開けてみればわかりますよ
マリエ　ええ？　面白すぎるー。ね、お兄ちゃん
アキオ　そうだな
ケイスケ　開けてみよう
マリエ　何かステキなこと起こりそうじゃない？

ケイスケ、マリエ、マリア、アキオ、大辻、エミコ、出口へ急ぐ。間。
若松、クリコを抱きかかえ、カウンターにもたれかからせる。

若松　このほうが楽だぞ

若松、ユキヲの耳元に口を寄せる。

若松　わっー

平気なユキヲ。
床下を転がり落ちる音がする。
穴からショウゾウが耳を押さえながら顔を出すが、蓋《ふた》のうえに乗っかる。

若松　……（クリコの前に座る）クリコ、意識のあるおまえにはどうも俺は冗舌にはなれないから、意識のないお前に聞くぞ。マリエ、もしかしたら、もう大丈夫かもしれない……。そうしたら、もう一度、東京に三人で帰ろうと思うんだ。やりなおしてみたいんだ。どうかな

クリコ　いや！
若松　クリコ
クリコ　ミリタリールックはいや！

間。

若松　何の夢を見てるのかな。……なあ、東京に帰ったら、そろそろ、家を持ちたいな。小さな庭と、広いリビングと、俺たちの寝室。それから、俺たちには子供がいないから、ま……できないから、これは、理想なんだけど、どうだろう、マリエとユキヲの部屋も一緒に

クリコ　いや！

若松　クリコ

クリコ　くる日もくる日も、カレー味はいやであります！

若松　……どこの国の軍隊の夢を見てるんだ

クリコ　お願いです

若松　……う？

クリコ　別れてください

間。

若松　起きているのか？

いびきをかくクリコ。

若松　（ためいき）別れてくださいか。……おまえの、口癖だったな。（サングラスを取る）
俺はいい男。おまえは……、そんなふう。（エアでピッチングしながら叫ぶ）何が
不満なんだあ！　甲子園のエースが、クラス一《いち》もてない女を女房に選んだんだぞ。
これ以上の正義があるか？　こんな正義のどこがいけない？　何度も何度も男と
逃げやがって。おまえ以外の誰一人として心動かされたことはない俺じゃないか。
おまえの好きな鍾乳洞にも一緒に行ったじゃないか。カルスト台地？　おまえ、
「カルストだカルストだ」って、はしゃいでたな。よくわからんよ、カルストの
良さ。（涙がこみあげる）……面白い寝顔して。ちょいちょいちょいちょいちょい

間。クリコを抱きしめる若松。

若松　……すまん。子供さえできてりゃ……

窓からマリエが顔を出す。

マリエ　ほら若松、何やってんの？　おいでよ。楽しいよ
若松　（クリコを突き飛ばし）うん

若松、去る。

ショウゾウ、出てくる。

ショウゾウ　行った？　……人の出入口に重いものを置きおって

ユキヲ　……おじいちゃんだったのか

ショウゾウ　ああ？

ユキヲ　（クリコを見て）水揚げされた魚の夢を見てるのかと思った。……ね、マイクに拾った？　僕うまくやったでしょ？　みんなは何て言ってたの？

ショウゾウ　みんな、行ったのか

ユキヲ　うん

ショウゾウ　人がせっかく苦労して隠したものを

ユキヲ　あの鍵？　のことだね。おじいちゃん

ショウゾウ　あの、倉庫の扉が開けばいずれわかることだなあ。聞きたい？

ユキヲ　……うん

ショウゾウ　やっぱやめとこかな

ユキヲ　なんだよおお

ショウゾウ　（出てきて腰かける）とりあえず一杯くれ

ユキヲ　（行きかけて客に）幽霊になった今ではおじいちゃんが言い渋るのも理解できる。

あの倉庫には、ドライブイン・カリフォルニアの人たちが思い出しちゃいけない記憶ばかりが、いっぱい詰まってたんだ。……それは、僕のおばあちゃんが首を吊って一週間後の、祭りの夜のことだった

祭囃子が遠くに響く。
ショウゾウたちをカウンターに残したまま、薄暗くなる店内。
若い長髪のケイスケが現われる（タメゴローに似ている）。

ケイスケ　こんばんわ。また来たよーん（体を叩くとすごい埃）……いないんでちゅか？ケイスケ君ですよー……（店の中を見回し、ショーケースの中からお土産を抜いて口にほおりこむ）う、う、うまい

ショウゾウ　それは、若い頃のケイスケおじさんさ。この頃あいつはまだ、ただの道で寝泊まりするフーテンだった。こん時わしは派手なマレゴトをやって、もうすでに床下に隠れとったんさ

若いアキオが髪振り乱し、猟銃を手に現われる。
ケイスケを見るなり構える。

ケイスケ　（手を挙げる）……あっと驚くタメゴ、ロー！（笑う）あぶねえな
アキオ　……（息が荒い）またあんたーか
ケイスケ　あの、お兄さん。……お父さまはご在宅でしょうか
アキオ　……兄さんじゃない。親父はあんたーのことなんか知らないって言ってたーぜ
ケイスケ　そりゃ無理もありません。俺の母ちゃんは、俺を妊娠してたことをお父さまに黙ってたんですから。言えばお立派な家庭をおもちのお父さまの負担になると思ってね。（泣く）健気《けなげ》だったよ。妾の母ちゃんは。健気に死んだよ、妾の母ちゃんは
アキオ　親父を頼ってここに来たんなら、もう手遅れーさ。もう、俺は親父と縁を切ったんだから。もう、親父はこの家とは関係ないのーさ
ケイスケ　え？

アキオ、ラジオのスイッチを入れる。

「本日午後未明、竹芳養町で祭りのどさくさに紛れて田畑《たはた》に火をつけ、多数の重傷者を出した男は、現在も町内を逃げまわっている模様です。男の身元については、付近の住民は口を閉ざしており……」

アキオ　（ラジオを切って）ふん、誰がやったかわかったおるくせーに。町の衆、シャレじゃすまさん
ケイスケ　……親父さん、なんかやらかしたんか？

二階で物音。

アキオ　……

アキオ、二階に駆けあがる。
竹林のなかを男たちが通り過ぎる。
懐中電灯を持った男が一人、窓から顔を出す。
ケイスケ、戦慄する。

男1　アキオちゃん！　……おらんのーか？
ケイスケ　（気配を察し）……お、おらん。今、おらん
男1　そーか？　アキオちゃん戻ってきたら伝えてくれない？
ケイスケ　あ、ああ
男1　ショウゾウさんのことな、起こったことは我孫子にしても、どえらい大変だとは思うけど。戻ってきてもかくまうなーて。いくらマレゴト師でも、行き過ぎとーるで。ショウゾウさんの処分は、祭りの実行委員会で話合うーてから、しかるべきあれをするーからさ

ケイスケ　わかったーよ
男1　……おまえ、よそもんか？
ショウゾウ　(回想して) ふん。何が処分だよ。ユキヲ、竹芳養町はな、わしのマレゴトのおかげで、2年も、話題に困らなかったんだ。あいつらだってな、そこそこに楽しかったんさ (飲み干してカウンターに叩きつける)
ユキヲ　……それで？

その音でクリコが密かに目をさます。
二階のドアの向こうでアキオの声。

アキオ　何でおまえはそうなんだ、マリエ！

アキオと、ロープを握りしめたセーラー服姿のマリエが、まろび出てくる。

ケイスケ　どしたんだよ、おい！
マリエ　(苦しく笑って) 違うってお兄ちゃん。私、死のうとなんかしてない
アキオ　じゃ、何でーまた、天井にロープを吊った？
マリエ　見てただけ！　見てただけだってーば。あたし、お兄ちゃんなんかより全然冷静

だーもん

ショウゾウ　あの頃は、アキオもマリエも、のびのびと、なまっとった

アキオ　（マリエを叩く）だったら紛らわしいことするな。（ロープを奪って窓の外に捨てる）いいか、母ちゃんは俺たちを捨てーたんだ。自殺なんか全然綺麗なことじゃない。自殺は汚かった。綺麗じゃない

マリエ　綺麗だなんて。だから、お兄ちゃんが思ってーるほど、あたし文学少女じゃないって

アキオ　いいか？　これからは俺とおまえ二人っきりで生きていかなきゃいけないんだから。自殺なんてバカ。余裕のある人間の考えるこーとだーろー

マリエ　……？

アキオ　ああ、俺は口がへただよ。へただけれど……

マリエ　二人っきり？

ケイスケ　いや、三人さ

マリエ　誰あんた？

ガラスの割れる音。

アキオ、窓から飛び出る。

アキオ　（外に）やめえ！　我孫子はもう、親父と縁切った。今日から俺が主人だ。マレゴトはもうやめる。アレがシャレにならんのなら、もう続ける意味もなかーろう

アキオ、窓から出て去る。

間。

マリエ　……（震える）死ぬ気なんか、ないよ。あたしはただ、お母ちゃんが首を吊ったロープを見ていたかった。お母ちゃんがどんな気持ちで死ーんだんか。考え続けていたかっただけさ

ケイスケ　……あんたのお母ちゃん、首吊ったんか？

マリエ　一週間前。あたしが、竹林で、見つけた

ユキヲ　……母も首吊りを見ていた

ショウゾウ　おまえのおばあちゃん、初子は、俺の東京の女だった。おまえはアキオを飛び越えて、俺に似ている。……初子とはアキオができちまって、こっちで所帯を持ったんだが、どうしても東京の暮らしが忘れられなかったみたいでなあ。東京のどこがいいんだか……。何で死んだんだろうなあ、あいつは。どうしてもわからなくてなあ

マリエ　お兄ちゃんは、お母ちゃんは、お父ちゃんの浮気性のせいで、人生に絶望して

死んだと思ってーるのよ。でも、本当は違うんだ。……お母ちゃんは、あたしの身代わりに死んだーのよ

ケイスケ　身代わり？

マリエ　あたし、ときどきね、意味もなく死にたくなるの。風の音が、死んでいい死んでいいいって、言ってーるように聞こえることもある。……あたしは……（笑う）おかしいよ。あたし、学校一の人気者なのよ。何で死ななきゃいけないの？どこ行っても、可愛がられーるの。でもね、どこかで人が死ぬと、ああ、あたしが死ななくちゃいけないのに、何であんたが代わりに死ぬのと思っちゃう。変だ。変でしょ？　知らないあんたにだけ言うけど（泣く）、あのロープを、裏の竹林に吊るしたのはあたしなの。今日も死なずにすんだ。今日も死なずにすんだ。毎日眺めて安心してたのよ。……そしたら、この間、お母ちゃんがぶらさがってたのよ！

ケイスケ、いきなり上半身裸になる。

マリエ　な、何やってんの？

ケイスケ　ノミ！　ノミが！　かいかい……。へへ。道で寝てるから。……そうだ、裸になったついでに、やんちゃなもの見せようか

マリエ　何？　やんちゃなものって
ケイスケ　（悪で）俺、ちょっと背中に悪戯《いたずら》書きがある男なんだ
マリエ　ええ？
ケイスケ　（背中を見せると「バカ」と描いてある）道で寝てたら、子供に落書されちゃったは、……バカだ！　あはは
マリエ　ね？　バカにー、死ぬ話はー、だめー
ケイスケ　（笑う）確かに。バカだ
マリエ　バカ、受け止めきれないもん、重いやつ。無理ー
ケイスケ　バカじゃねえ

間。

ケイスケ　ハイ、バカ終わり（着ようとする）
マリエ　ねえ、あたしにも描いて。（電話の横にマジックを取りに行く）それ。バカって描いて！
ケイスケ　ええ？
マリエ　バカになりたいの（服を脱ぎはじめる）大至急バカになりたーいのよあたし！
ケイスケ　いや、でも

マリエ　（テーブルに手を突き背中を向ける）耳なし芳一みたいにさ。くまなくすきなく、描いてよ。持ってーかれないように。ちょっとでも隙があったら、持ってかれちゃいそうなの、あたし

ケイスケ　そんなにバカになりたい？

マリエ　バカ、大至急、バカ

ケイスケ　じゃ、背中じゃダメだ。（マリエをテーブルに仰向けに乱暴に寝かす）顔から行く

マリエ　……

ケイスケ　バカの手術を行ないます

マリエの足を割って、覆いかぶさるように。

突然戻ってくるアキオ。

アキオ　何をしてーいる？（猟銃を構える）

マリエ　……お兄ちゃん

ケイスケ　（にやにや）あっと驚くタメゴロー

アキオの猟銃が火を噴く。

ケイスケ　（足を撃たれて）うわあああああああ
マリエ　きゃああ
ケイスケ　あ、ああ、ああ
マリエ　ばかあ！　違う！
ケイスケ　こりゃ、一生ビッコさあ！
マリエ　何をやってるの、お兄ちゃん!?
ケイスケ　もう、どこにもいけないのさ
アキオ　妹に何をしてーいる
マリエ　違うーわよ、お兄ちゃん！
ケイスケ　就職は絶望的だ！
マリエ　……落ち着いて、落ち着いて
ケイスケ　みなさん、足の悪いケイスケを末長くお願いしまあす！

なぜか二階に消えていくケイスケ。
追おうとするマリエの手をつかむアキオ。

マリエ　お、お兄ちゃん、痛いよ
アキオ　……マリエ

マリエを抱きしめるアキオ。

マリエ　……やばいよ、お兄ちゃん、ね、やばいよ
アキオ　死なないって言ってくれ
マリエ　……（泣く）死なない。死なないから
アキオ　俺はおまえのことを考えてる。考えすぎて、手がおっぱいに行ってーるけど、これは俺の、無邪気さゆえなんだ。本当じゃない。仮にだ。仮押さえだ
マリエ　仮押さえって
アキオ　（悲しい）言葉じゃ言えない。自分の無邪気さを、なぜ表現できない
マリエ　恥ずかしい。恥ずかしいよ

マリエ、アキオを押し戻し、服を持って去る。
アキオ、恥ずかしさで悶《もだ》え苦しむ。

ショウゾウ　男ってのは、一度は恥ずかしさで床を転げ回るものさ

アキオ、椅子を相手にプロレスをする。

ショウゾウ　ときには椅子を相手にプロレスもするさ。……そして、勝手に勝つのさ
アキオ　(床に) ……親父、床に隠れてんだろう。……飯は運んでやるから、そこにずっといてくれ。あんたはもう、死んだっていうことにしてくれないか

ショウゾウ、杖で床を2回突く。
アキオ、走り去る。
明かり、元に戻る。

クリコ　……
ユキヲ　おじいちゃん
ショウゾウ　ああ？
ユキヲ　ケイスケおじさんの足って、やっぱ、治ってるね、とっくに
ショウゾウ　そうかね
ユキヲ　最近やっとわかった。僕の耳は、体に障がいがある人の声だけを拾うんだ。だから、おじいちゃんの声は聞こえた。でも、ケイスケおじさんの声は聞こえないもの
ショウゾウ　あいつはなあ、何なのか

クリコ　あの……
ショウゾウ　わ！
クリコ　す、すみません。聞いてました
ショウゾウ　あんた、いつからいたんだ
クリコ　あたし、竹林で見たんです
ショウゾウ　……何を？
クリコ　……多分、あの、あなたの死んだ奥さん
ユキヲ　何？
ショウゾウ　……ばあさんの幽霊を見たってさ。（クリコに）おい、（クリコの顔にさわって）ばあさん、どうしてた？
クリコ　何か、言ってたんです。何か言って、消えたんです。恐くて思い出せないんですけど
ショウゾウ　思い出せ！
クリコ　暴れてくれて、どうしたこうしたとか
ショウゾウ　暴れてくれて？　そう言ったのか。……俺だ、俺のことだ。それで！
クリコ　思い出せない
ショウゾウ　この野郎！

窓から風が吹き込んでいる。

ショウゾウ　……初子？

ユキヲ　（ドアの所にいき）人が来るよ、おじいちゃん

ショウゾウ　暴れてくれて……何なんだー！

スライド「暴れてくれて」
「ご苦労さん」

クリコ　あ、手が白い！　なぜ⁉　それは、軍手をしてるからー！

ユキヲ、ショウゾウをトイレに隠す。
エミコが入ってくる。手にマリファナを持っている。

エミコ　あ！　クリコさん。気がついてたんですか？　ね。すごいの出てきましたよ！

クリコ　すごいの？

ケイスケ、入ってくる。

ケイスケ　あれ？　エミコちゃん、それ
エミコ　あ。そこ、窓の下に生《は》えてた。珍しい草でしょ
ケイスケ　……（種を捨てたことを思い出す）あ、種。やばいよそれ

若松、大辻、マリア、アキオ、マリエがベールのかかった古い葛籠《つづら》を運びこむ。

マリア　（ベールを取る）意味ありげな葛籠だよねー、これ
マリエ　さ！　命令ごっこよ！　早く開けよ！　ケイスケ！
ケイスケ　出てこいシャザーン

ケイスケ、一同見守るなか、蓋を開ける。
間。
よろけるマリエ。

大辻　なんだこりゃ？
ケイスケ　……アキオちゃん（猟銃を取り出す）
マリア　（竹の衣装を取り出し）これ、何？

アキオ　（猟銃を受け取りつつ）……親父が着てたマレゴト師の衣装だ
マリエ　……どうして（息が荒い）

マリエ、ロープを取り出す。

アキオ　……マリエ、それ、お母ちゃんの
マリエ　どうして……どこまでも追いかけてくるの？
ユキヲ　……
アキオ　マリエ

ロープを握ったまま、偶然そばにいた大辻の腕に倒れこむマリエ。

アキオ・若松　さわるな！
大辻　（マリエを椅子に置く）はい
若松　エミコちゃん、お湯と塩。それから、あれ
エミコ　洗面器（用意する）
アキオ　あんた
若松　私に任してください

アキオ　やめろ。あんたに何がわかる
若松　……お兄さん、あなた知らないだろうが
アキオ　何をだよ
若松　東京でも、旦那が死んでから何度もマリエはこういうことになってたんだ。マリエがどれだけマスコミの餌になったか……（塩でもむ）この人の14年間を知らないだろう。あんた。東京のマリエの何を知ってる？　知らないくせにごちゃごちゃ言わないでもらいたい
アキオ　お、……俺は
ケイスケ　え、偉そうに言うな！　いつも塩水でもんでるだけじゃないか！　この、塩水野郎
若松　おい、俺が塩水を発見するまでにどれだけかかったと思ってるんだ
大辻　塩水は昔からありますよ！
若松　そういうこと言ってるんじゃない！　いい加減殺すぞ！
大辻　おい！　（アキオを見て）馬鹿なこと考えちゃいかん！
アキオ　え？
大辻　（アキオから銃を奪って）男なら素手でやれ
アキオ　あ？　いや……え？
ケイスケ　そうだ、アキオちゃん！　立て！

立っていたアキオ、座りかける。

ケイスケ　立てって言ってんだよ！

若松、立ち上がって構える。

アキオ　お、俺は……やる？　やるのかな？

マリエ、つぶやいている。

マリエ　……死んでいい死んでいい、死んでいい死んでいい。……若松。14年前、あんたがあたしを乗せた寝台車の音が、そんなふうに言ってるような気がして、あたしは眠れなくて、売店のところに立ってたの

マリファナを瓶に挿し、ユキヲの肩を抱くエミコ。

マリエ　そこにあの人も、眠れなくて、ぶらぶらやってきたわ。私を見て彼、なんて言った

と思う。……列車の音がまるで「死んでいい死んでいい」って言ってるみたいですね、だって。わかるでしょ。そういう出会いだったの。初めからどっちかが死ぬってわかってたわ。知らなかったでしょ、若松。だから、あたしたち、……寝台車でやったのよ

若松　そんな話は、よせ

マリエ　あたしの結婚式でヒーヒー泣いたくせに

クリコ　（立ち上がる）みなさん！

間。

クリコ　ごめんあそばせ

クリコ、思い切り目立ちながら二階に走り去る。

若松　おい、クリコ！　何だそれは！　なぜ、ちょっと今、目立った

若松、追って去る。

ケイスケ　（マリエにベールをかけて）さ、もうあんたも、二階で休もう。マリエちゃん

行きかけるが、マリエ、振り払って。

マリエ　ふん。あんた、写真家と恋をしてたんだって？　あたしが留守のうちに

ケイスケ　ああ、燃えるような恋をね

マリエ　（いやらしく）裏の竹林に？　花が咲いたら戻ってくるって？

エミコ　……120年に、一度なんです

マリエ　だから何よ。120年に一度しか咲かないってことはねえ……咲かないってことなのよ。120年に一度なんて数字は、もう、フィクションなの。あんたの恋も、フィクションなの

ケイスケ　フィクションかもね。さ、行こう

マリエ、ケイスケを振り払う。

マリエ　マリアさん。（笑う）知ってる？　……いつもそうなの。お兄ちゃんはあたしに似た名前の女が好きなのよ。なんでかわかる？　（意地悪い）

マリア　……さあ

マリエ　お父ちゃんの幼児教育よ。ね？（アキオを指差し）この人ね、お父ちゃんに、目のいい人を好きになれって言われ続けて育ったの。あたしの名前ね、何か、昔、視力コンクールで一位になった人からとったらしいのね。その話が頭にまぜこぜに入ってるのよ、この人。それであんたを好きになっただけよ！あはは！

マリア　それ、多分あたしのお母ちゃんですん〜？

マリエ　お母ちゃん……石垣マリヨ

マリア　ああ！

アキオ　賞品がモチだったって

マリア　お母さんまでモチを……

エミコ　……じゃあ、あたしの名前、あんたのお母さんから……（がっくり）

マリエ　偶然て、すごいね。さ、（マリエにベールをかける）もう、休もう

ケイスケ　マリア

アキオ　アキオちゃーん

マリア　別れよう

アキオ　ぎゃあああ

マリア

マリア、泣きながら去る。
マリエ、ベールを振り払う。

マリエ　（目を剝いて）エミコちゃん
大辻　……悪意のジェームズ・ブラウンだ
マリエ　あんたも、やるこたきっちりやる女ね。こんなの産みおって。初エッチはいつなのよ！（大辻を指差し）これとの
ケイスケ　マリエちゃん！
マリエ　初エッチは！……答えなさい！初エッチは！

エミコ、「エッチはエッチは」と、追い詰められながら去る。

ケイスケ　（ベールをかける）知らないけど16歳さ。体育倉庫でこんなもんかあと思いながらさ。さ、もう気が済んだだろう
マリエ　大辻さん
大辻　来たあ！
マリエ　あなた
大辻　は、初エッチですか

マリエ　聞きたかないわよ、そんなの
アキオ　もうやめてくれ！　……ユキヲがいるんだぞ
マリエ　……
大辻　ユキヲくん、豪快に生ハム食べてますけど
アキオ　……た、食べるなとは言えないだろう。生きものなんだから

間。

マリエ　……（静かに）マンガ、頑張って描いてね
大辻　え？　あ、は、はい！
マリエ　私は……嫌いじゃない。……あとに残るものは素敵だわ。じゃ（テーブルの下にもぐる）。（泣く）私、何で……何やってたんだろう……ちょいとカゴ屋さん、小田原までやってくれ……やってくれ
ケイスケ　（運ぶふりをして）エッホ、エッホ……着きましたよ
マリエ　なんかごめん

ケイスケ、マリエにベールをかける。

アキオ　ケイスケ
ケイスケ　……あ?
アキオ　（請求書を見せる）今月の電話代、2万4千円
ケイスケ　ああ、貸しといて
アキオ　今回は、少なかったじゃないか
ケイスケ　……次は、頑張る

ケイスケ、マリエ、去る。
トイレから、ショウゾウ出てくる。

大辻　誰?
ショウゾウ　トイレの概念だ
大辻　ああ（納得）
ショウゾウ　アキオ、蓋、開けてくれるか
アキオ　……親父。（葛籠を持って）これは……何だ
ショウゾウ　おまえたちが寝たあとに、こっそり隠しといたんさ。鍵かけて、それをちょっと遠くに捨てにいったら、人に見つかりそうになってな、あわてて隠したところが、祭りの炊き出しの餅米《もちごめ》のなかだった、というわけよ。おおかた、モチマキ

アキオ　でもやって、それをあの子のばあさんが拾ったんだろう
ショウゾウ　(開けてやりながら) 何で、戻ってきちまったんだろうなあ
あの、マリアという女の子は、大切にしろ。親子三代にわたって我孫子家と縁があるんだ。これは、もう、逃げようたって逃げられない。自然の決まりみたいなもんさ
ユキヲ　(客に) 本当に決まっていた。ただし、それは、アキオおじさんとではなく、おじいちゃんとだったけど
ショウゾウ　アキオ、マリエを慰めてやれ
アキオ　(ショウゾウに肩車されながら) 俺にはもう、言葉はだめだ。負ける
ショウゾウ　……いいか。マリエはなあ、生きることの無力感にとらわれてるんだ。それをつきくずせ
アキオ　つきくずせったって
ショウゾウ　今度立ち直れなかったら、あいつ……。おまえの兄としての最後の見せ場だぞ。(アキオを下ろして) なんで肩車なんかしちゃったんだ。自分がわからん
ショウゾウ、去る。
間。

大辻　……さ、紙芝居でも見ますか
アキオ　帰ってくれ

大辻、紙芝居をアキオに投げつける。

アキオ　……（困）何てことするんだろう
大辻　あんたのバームクーヘン、最高だったぜ！

唾を吐き捨てて大辻、去る。
紙芝居を拾い集めるアキオ。

アキオ　メチャクチャだよ。子供置いてってるし。日本人てそんなに自由だったかな。
（拾い）……シズク君ね。……しずく。水溜まり。……川。……海！

音楽。

ユキヲ　その時だ。突然アキオおじさんの頭の中を、アキオおじさんのキャラクターにない言葉が駆けめぐった。人にはそういうことがタマにある

アキオ　海から……波が打ち寄せてくる。それを時間としよう。時間の波が、現在という砂浜に立つ俺の足を、洗う。波は寄せては帰る。……世界に！　世界に、俺の足を洗ったという情報を乗せて時間の波は帰ってゆく。そして、宇宙全体に、俺の足の情報が交ざる。そしてそして、次に波が来たときには、すべての波のなかに、俺の情報がちょっとずつ含まれてる

ユキヲ　見よ！　この、おじさんのキャラクターにない言葉の数々

アキオ　……いいぞ。俺たちは、宇宙に対して無力じゃない。マリエ、おまえは東京ですべてを失って帰ってきたと思ってる。でも、何にも残せなかったわけじゃない。おまえは歌った。旦那を愛した。子供を産んだ。それらの、出来事は、ちゃんと宇宙に交ざり、次に人々が出会う宇宙は、かつておまえが歌い愛し、産んだ宇宙なんだ。おまえは全世界に影響を与えてるんだ。……無力じゃない！

窓の外、稲光。雷。

ユキヲ　おじさんは生まれて初めて自分の言葉に勝利した

いつの間にか大辻、戻ってきて赤ん坊のところへ。

アキオ　（大辻に）ありがとうシズク君！
大辻　わあ！
アキオ　……よしよし、もっとわかりやすくまとめるぞ。……（叫ぶ）慰めるぞ。慰めるぞ！　俺は慰めるぞ、このブタ野郎！
大辻　怖いです！　そんな怖い感じで言う言葉じゃないです！
アキオ　兄らしく！　より兄らしくだ！

アキオ、窓から去る。雷。吠える。

大辻　恐かった！　よしよし、淳助ゴメンな。おまえのこと忘れて帰ってな。だめな親だよ俺は

二階のドアを開け、カセットテープを持ったエミコが入ってくる。

エミコ　しーっ！　誰もいないよね？

とっさに隠れる大辻。

エミコ　まだ勉強してたの。大人も大変だけど中学生も大変だ

エミコ、ラジカセをテーブルに移動して椅子に座り、ユキヲに座るように促す。カセットテープを流す。かつて、マリエが歌った唄だ。

エミコ　二十《はたち》の時のマリエさんだよ

ユキヲ　！

エミコ　こういうのは聞こえるんだよね。このテープ、その棚の中で見つけた。あたしの宝物なんだ

カセットを出して、別のテープを入れる。テープから、エミコの声が流れる。

エミコの声　じゃ、これも聞こえるよね

間。

ユキヲ　……うん！

エミコの声　あんたも、若いのに苦労するね
ユキヲ　エミコちゃんこんな声だったのか。やったあ！　この手があった！
エミコの声　（とっておきのものまね）
ユキヲ　あははははは。面白い
エミコの声　あたし、あんたのお母さんがあんなふうになっても、軽蔑しないよ
ユキヲ　……
エミコ　あたし、憧れてるんだ。かっこいいじゃん。東京でデビューなんて、かっこいいよ

間。
エミコ、唐突にユキヲにキスする。
どぎまぎするユキヲと大辻。

エミコ　知ってんだから。あたしのこと、……いつも見てたねえ。もっと、男と女のちゃんとしたキスしようか
エミコの声　だから、頑張りなよ、いろんなこと。あたしもこんなんだけども頑張るから
ユキヲ　……する。絶対する

床下から拍手。

愕然とする大辻。

目を閉じるエミコ。

近づこうとするユキヲを羽交い締めにして、ふらふらになるまで思い切り唇を奪う大辻。

エミコ　何してるの？　早くしないと、時効だよ

大辻、ユキヲを突き放し、泣きながら行ってこいの合図。

ユキヲ、敬礼。

よろけつつも、今度こそエミコにキスするユキヲ。

音楽。

ユキヲのモノローグが始まってもエミコはキスを続けている。

ユキヲ　いやらしいキスだった！　舌がべろべろ入ってきた！　大辻さんとの予行演習の成果もあり、僕は大人のべろで応戦した！　5秒で、僕のおちんちんは大きくなった。そのおちんちんをエミコちゃんは、ポンポロリン、ポンポロリン、してくれたんだ！　僕はそれからすぐに死ぬことになるけれど、ポンポロリンされた人生と、ポンポロリンされない人生は、違う。あまりにも違う！　万歳！

ポンポロリン、万歳！

花火が上がる。

エミコ　花火だ！　……今夜から祭りが始まるんだ！

明かりは急速に落ち、ユキヲだけが残る。

ユキヲ　竹芳養の祭りは7日間続く。その7日間の間に、すべてが起こった。……ドライブイン・カリフォルニアの面々が、なんていうか、シャッフルされたんだ。一番最初は、ケイスケおじさんとクリコさん。それは、その日の深夜のことだ

薄明りのなか、ケイスケが現われる。
もはや、ビッコすらひいてない。

ケイスケ　……くそ、2万4千円では足りませんと来たもんだ

電話をかけるケイスケ。

ケイスケ　ハロー、俺だよ。（笑）悪かったなあ、俺で。ノルマなんだよ。なあ、恋って大変だな。あんたは、俺の恋の、巻き添えだ。は！　（切る。すぐかける）何回やったかな。もう、夜中の二時だよ、知らないおっさん。知らないおっさん。……切らないでくれよ。頼むから切らないでくれよ。この家には、あんたと俺のロマンスしか残ってないんだから。あんた、この家の希望の星なんだぜ。気持ち悪いだろ、あんたと俺のロマンスに、10代の女の子がエールを送ってるんだぜ（自虐的に笑う）

気配を察して、ゆっくり二階のドアに近づき、開けるケイスケ。うさぎの恰好をしたクリコを引っ張りだす。

ケイスケ　（暗く）なんで、うさぎちゃんなんだよ
クリコ　ねま、ねま
ケイスケ　ねまねま？
クリコ　……寝巻じゃん
ケイスケ　聞いてたんか
クリコ　……はい。……うん

クリコを引きずり倒す。

ケイスケ　イー（足を踏む）
クリコ　何この痛み!?
ケイスケ　笑えよ。何が4日間がすべてでした、だよ。何が写真家との恋だよ（壁の写真を引き裂く）
クリコ　……ねえ。それ、『マジソン郡の橋』ですもんねえ
ケイスケ　ははは（近づく）
クリコ　ハハハ……。びっこひいてない。知ってるんだもん。あなたのこと、すごく私知ってる
ケイスケ　……何がのぞみなんだ
クリコ　私にも、バカって描いて（マジックを出す）
ケイスケ　あ？　なんだそりゃ？
クリコ　バカになりたいんです。私、頭がいいのがつらくて。ねえ、私の旦那、ダーリン、あのバカの若松。メンクイなの
ケイスケ　おい。そんなわけないだろ！　うさぎちゃん
クリコ　母親が超美人でさあ！　はは！　やんなっちゃう。本当は女見るハードルめちゃ

ケイスケ　めちゃ高いの。そういうメンクイの自分が許せないのよ
クリコ　なんで
ケイスケ　アナタと同じよ
クリコ　俺と？

偽善者だからに決まってるじゃない。（笑）あんたは気づいてる分ましか。気づいてないから、許せないの。あの人はね、人間は意志の力で100パーセントなんとかなると思ってんのよ。あたしと結婚したのはその実験なの。甘いわ。あの人の理想は、あたしと子供作って、メンクイじゃない子供に育てること。それがあの人のパーフェクトワールドなわけ。共産主義みたいな高邁《こうまい》な理想。だからほころびも出ますわね。あの人ね。高校野球やってたときに、股間にピッチャーライナー受けて、子種がないの。

ケイスケ　あはははは。考えるだけで痛え
クリコ　自分で自分が作りだした地獄に自分ではまってるだけじゃない！　……マリエさんのこと好きなくせに。無理しちゃって……。（泣く）無理なんかされたくありませんよ！　（無理な体勢になる）

ケイスケ　無理してんの、あんただろ
クリコ　バカになりたい！
ケイスケ　……バカに、なりたいな

ケイスケ、マジックをとってくる。
上半身を脱ぐ。うながされてクリコも脱ぐ。
クリコの体にバカと描く。クリコも、ケイスケの体にバカと描く。いっぱい描く。

ケイスケ　ばか
クリコ　ばか
ケイスケ　ばか
クリコ　ばか

興奮してテーブルの上で抱き合う二人。
ゆっくりと若松が現われる。

ケイスケ　……待てよ。思い出した。こういうの昔あったぞ。（若松の動きを見て）電話ですか、デッキブラシですか

若松、テーブルの上の猟銃を取る。

ケイスケ　銃ですね
若松　何をしている
ケイスケ　同じだ！
クリコ　落ち着いて
ケイスケ　う、撃ってくれ
若松　なんだと？
ケイスケ　もう一度、足、撃ってくれ！　そしたら、そしたら、もう10年はここにいられる。
若松さん、撃ってくれ！
若松　貴様……
ケイスケ　撃て！　種なし！

若松、銃を構える。
突然、殺人マシーンのような男が現われ、不条理にも三人をのしまくる。

若松　な、何なんだこれは

額に「14」と書かれたヤマグチ。

ケイスケ　誰だこいつ
クリコ　ヤ、ヤマちゃんだ
ヤマグチ　みなさんお久しぶりです。おもちゃ屋のヤマグチっすわ。（脱ぐと筋肉むきむき）恨みの年数と同じだけ総合格闘技やってました。私の恨みは大体期限15年くらいなんで、忘れないうちにと思って、来た次第です。何しろ、私今、忙しいもので。こないだ作ったゲームソフトがバカ売れでね。今じゃ、ソフト会社ヤマチャーンチェーンの社長、やらしてもらってっすわ。では、社長から一言。君らはクズです。もちろん、私もクズです。生まれ変わっても治りません。クズは普遍の病気です。みなさん、これからも余計な勘違いはせず、正直に生きようじゃありませんか。それではみなさん、ごきげんよう

男、去る。

間。

若松　……クリコ
クリコ　はい
若松　俺は、クズか？
クリコ　はい

若松　クリコ
クリコ　はい
若松　別れよう
クリコ　はい
ケイスケ　クリコさん
クリコ　はい
ケイスケ　結婚してくれ
クリコ　はい
若松　クズか
クリコ　はい
若松　俺は……
クリコ　はい

明かりが落ちると不条理な場所に宙吊りになっている、ユキヲ。

ユキヲ　その日からの3日間。何度か、僕は母が竹林のなかにあの首吊りのロープを下げたまま、じっと佇んでいるのを目撃している。未熟な僕には、母が明日にも父と同じように死の誘惑に負けてしまうのだ、そして、僕はついにツンボで子供の独りぼっちになってしまうのだ、そういうふうにしか思えなかった。それは、僕の短い人生のなかでも、一番つらい3日間でもあった。そしてその挙げ句、僕はまた母にとんでもない試練を背負わせてしまうはめになる

明るくなると、喪服の大辻が乳母車を押したまま、窓の外にいる喪服のエミコをじっと見ている。テーブルには、お茶を飲んでいる喪服のショウゾウとマリア。

大辻　淳助ごらん。ママが頑張ってるよ。ママが頑張ってるの見るのは、おまえを産んだとき以来だな。ママ、頑張るの嫌いだからさあ

エミコ　うるさいな。気が散るから黙っててよ

大辻　集中力ないからなおまえは。ママ、蓄膿だからさー

エミコ　(苦笑) 子供に嘘教えないで

エミコ　(ほっぺたを叩く) 集中集中

大辻　淳助。きれいだなあ、頑張ってるママ。おまえ、大きくなったら写真家になれ。ほいで、頑張ってるママを撮れ。撮りな

エミコ　(照れる) ばか!

マリア　何頑張ってるの、ところで?

大辻　泣く練習

エミコ　あたしね、焼き場では泣きたいんです。葬儀で泣けなかったから、せめて、焼き場で。最後のチャンスだから。泣いてみたい
大辻　言っとくけど、それ泣く人の顔じゃないぜ
エミコ　わかんないよ。泣いたことないから

間。

ショウゾウ　しかしうまい。香りがいいな、このお茶
エミコ　そこに生えてた草。いい匂いがしたんで、お茶に入れてみたんです
大辻　思わずにやにやしちゃううまさだね
ショウゾウ　あ、あ、こぼしちゃった
マリア　ほらもー、おじいちゃんなんだから（拭く）

いちゃいちゃしている二人。

大辻　この二人がねえ
マリア　もー、やさしいなー。おじいちゃん。焼き飯も作ってくれるしなー。こんなんくれたんだよー

ショウゾウ　ねえ、マリアちゃん。わし、腰が、やばみしか勝たん
マリア　もー、使い方適当
ショウゾウ　ぶっちゃけ。もんでくんねー
マリア　もむもむ

マリア、床板を開ける。
二人、入る。

大辻　何でわざわざ部屋に行くのよ
大辻・エミコ　いやらしいいいい

二人、去る。

大辻　……エミコ、俺たちも
エミコ　焼き場に行くのよ、何考えてんの

若松、入ってくる。
続いてマリエ、窓の外に現われる。

煙草に火。
少し遅れて、ユキヲの遺影を持ったアキオ。
三人とも喪服。
茶を飲む若松とアキオ。

マリエ　エミコちゃん。いろいろ手伝ってくれて、ごめんね
エミコ　……あ、いえいえ（目に力を入れる）
マリエ　力んでいる？　あなた、力んでいる？

マリエ、窓と窓の隙間に入り、見えなくなる。

エミコ　ちょっと、頑張ってみようかと思って
マリエ　何を？
エミコ　ユキヲ君のために泣けたらいいなと思って
マリエ　……ありがとう
エミコ　（店の中に）ケイスケさんから葉書が届いてますよ。カウンター
アキオ　……早いな
若松　……読んでくれないか？

アキオ　……（読む）「前略、北海道にいます。行った初日に熊狩りの罠にはまり、大怪我をしました。今、罠を仕掛けた猟師さんの家にお世話になってます。当分お世話になるつもりです。今度はクリコと二人。いつまでお世話になれるかわかりませんが、頑張ってみるつもりです。さようなら」

ヘリコプターの音。

大辻　普通、お世話にならないために頑張るんですけどねえ

間。

若松　（ヘリコプターを目で追い）おーい。おーい（窓から手を振る）

アキオ　何やってんだ。やめろ！　葬式の日だぞ！

若松　うるさい！　どんなに悲しい時でもヘリコプターを見たら笑って手を振る準備がある。そんな男に俺はなりたいんだ（半泣き）

エミコ　（叫ぶ）店長！　若松さん！　……マリエさんが！

ヘリの音、高鳴る。

マリエは倒れているらしい。
ショウゾウとマリア、出てくる。
若松ら、マリエを店内に運びこみ、椅子に座らせ、毛布をかける。
この間、幽霊になったユキヲが現われる。

ユキヲ　母が吊るしたロープを外そうとして、持ってきた椅子から足を踏み外した僕は、不覚にも自分で首を吊った。間抜けの見本のような死にざまだった。それから2日間。僕は闇をくぐる。そして、この日この時間、僕は初めて幽霊としてドライブイン・カリフォルニアに現われたんだ。まだ事態を飲み込んでいない僕は、静かにみんなを見つめていた

静けさ。
マリエにお茶を飲ませるマリア。
アキオ、持ってきた洗面器にマヨネーズを出す。

若松　アキオちゃん、違うよ
アキオ　ああ
ショウゾウ　……さあ、どうするんだアキオ。マリエに言葉をかけてやれ。しっかりしろ！

長男！

アキオ　そ、そうだ、俺は長男だ。慰めるぞ！　俺は、慰めるぞ！

マリエ　……慰めて、お兄ちゃん。承知しないわよ、中途半端じゃ

アキオ　……落ち着け落ち着け。俺は完璧だ……

大辻　マリエさん。こう考えましょう

エミコ　あんたの出番じゃないでしょ

大辻　今、ボクたちは現在という名の砂浜に立っているんです

アキオ　え？

大辻、カセットのスイッチを入れる。

音楽。

大辻　ボクたちはそしてその浜辺で海を見つめている。海は宇宙の全体です。そこからは時間という波が常に押し寄せてきます

アキオ　おい

大辻　波はボクたちに触れ、そして、宇宙に帰っていく。しかしその時、その波のなかには、確かにボクたちに触れたという記憶が含まれている。そして波は、宇宙全体と交ざる。だから次にくる波はただの波じゃない。たとえ僕らがその時死んでいた

としても、かつて僕らが確かに存在したことを覚えている波なんだ

アキオ　アレンジして、わかりやすくなってる

大辻　だから、マリエさん。あなたは宇宙に対して無力な存在では決してない。あなたは、旦那もユキヲ君も、すべてを失ったと思っている。しかし、それは違う。失ったんじゃない。それらは宇宙に交ざったんだ。あなたは孤独じゃない。あなたが今浴びている、時間は、彼らの記憶が少しずつ交じった、あなたのことを愛している時間なんだ！

間。

大辻を抱きしめるマリエ。

マリエ　……ありがとう、大辻さん

ショウゾウ　あんた最高だな

ショウゾウ、エミコ、マリア、拍手。

大辻　アキオさん。ごめんなさい

間。

アキオ　インチキだああ！　何が宇宙だくだらねえ！　死んだら終わりだそれまでよ。宇宙ってのは、黒い幕だ！　そこに針で穴を空けたのが星さ！　よく覚えとけ。見えるところまでしかないんだ宇宙は！　言葉なんか、死んじまえ！

二階に駆け去る。
大辻とエミコ、追いかけて階段に。

マリア　荒《すさ》んでる
マリエ　……お兄ちゃんの言うとおりよ。大辻さん。そういうふうに考えられれば、人は幸せね。でも、あたしには、死ねばいい死ねばいいって、もう、言葉はそういうふうにしか聞こえないの！　仕組みがわかった。あたしが死ななきゃ、また誰かが死ぬ。それだけのことよ
若松　奇跡、見せてくれ
マリエ　え？
若松　死んでもいいよ、あんたは、今までよくやった。ただ、もう一度だけ、あれ、ほら、昔やった花、咲かすやつ、見せてくれないかな。3、2、1、0。パッてやつ。

マリエ　見せてくれよ
若松　ああ、あの手品
俺にとっちゃ奇跡だったよ。……あの時、俺は、クリコに逃げられたショックで、何か、こう、かつてないほどでこぼこになってたんだ。それが、あの手品を見せられたとたん、すーっと、真っ平らになった。ような気がした。な、もう一度、見せてくれ
マリエ　無理よ
若松　お願いだ。な、ヤマちゃんに殴られた時な、俺だけがクズって言葉を受け入れられなかった。俺の懐《ふところ》の限界だよ。ケイスケとクリコは、クズって言葉にすごく馴染んでた。それどころか、体にバカって描いてた。この差はなんだ？バカになりたい。（マリエを揺する）俺もバカになりたいんだよ！
マリエ　わかったわよ！

間。

立ち上がるマリエ。

マリエ　……さて、お立ち合い。今から、この部屋一杯に、花を咲かせてご覧にいれます。（ゆっくりと）3、2、1、はい

間。
マリエ、のろのろと、去ろうとする。

エミコ　……マリエさん、どこに
マリエ　花をとってくるのよ。仕込んでなかったんだから、しょうがないでしょ
ショウゾウ　いやな手品だなあ

天井から包丁が落ちてきて、カウンターに突きささる。

マリア　何これ
マリエ　……あの時、ヤマちゃんから取り上げた包丁
若松　（天井を見上げ）そこに隠してたのか
マリエ　おあつらえむきね

マリエ、とっさに包丁に飛びつく。
止める若松と大辻。
二階のドアからマレゴト師の衣装を着たアキオ、猟銃を持って登場。

アキオ　今日は祭りの最後の日だ。マレゴトに行ってくる
ショウゾウ　アキオ！
アキオ　マリエ、おまえとユキヲの代わりに暴れてくる。それでちゃらにしよう
ショウゾウ　同じことの繰り返しだぞ！
アキオ　そうだよ。今度は俺が地下に住めばいいことさ。俺にも暴れる権利があるんだ！
ショウゾウ　この野郎！
マリア　（窓の外を見ていた）マリエさん！

間。

若松　（見た）手品。あんた、手品使ったな！
エミコ　（見て）本当だ、マリエさん！　竹、竹！
マリア　竹の花が咲いてる！　そして私は美人になりました
マリエ　……！

音楽とともに竹林が浮かび上がる。一面に花が咲いていていた。
風にゆれる竹林。

ショウゾウ　今日が１２０年目だったのか
ユキヲ　（いつの間にか窓の外にいて）それが、本当に奇跡なのか。全員がマリファナ入りのお茶を飲んだための幻覚だったのか。そんなことは、どうでもよかった。少なくとも母はとても価値のある勘違いをした！
マリエ　不思議だわ。……死なくていい。あたし、初めて、竹林に吹く風が死ななくていいってふうに聞こえる
アキオ　マリエ！（兜を脱ぐ）
ショウゾウ　そうだよ。花が咲いちまったら、竹林は全滅する。おまえが死ななくても、竹が死んでくれる
アキオ　自殺じゃない。事故だ
ユキヲ　ごめんなさい。お母さん
マリエ　そうね。せめてそう思いましょうね。わたしには、ユキヲって、とてもまぬけな息子がいて、その話をいろんな人にしてまわらなきゃあいけなんですもの
アキオ　死んでる場合じゃあ、ぜんぜんないってんだよ
若松　みなさん、そろそろユキヲ君の火葬の時間です
間。

マリエ　……行きましょう。みなさん、ほんとにありがとう、火葬場まで付き合ってくれるなんて
大辻　エミコ。焼き場に行こう
エミコ　うん、ちょっと待って
大辻　……
アキオ　空が晴れてて、よかったたな
マリエ　お兄ちゃん、最後まで付き合ってね
アキオ　あたりまえじゃないか。俺が最後まで付き合うっていう時は、そりゃあ、たいした付き合いになるってもんよ
若松　俺だって
アキオ　うるさいよ

エミコとユキヲを残して、全員去る。
間。

エミコ　……（乳母車を押してきて、椅子に座って）焼き場では泣くんだ！　焼き場では絶対泣いてやる！　……集中！

ユキヲ　（見つめながら）成仏できない魂は、一度過去を旅する。自分がどうやって死にいたったか、自分の死がいったい何なのか、完全に理解するためだ。僕はドライブイン・カリフォルニアの歴史を、こうしてたどってきた。そして僕の旅は、今終わろうとしている。この言葉を聞いて、僕は成仏することに決めたんだ

エミコ　……焼き場では泣く！　……でも、どうしてもだめだったら。（目薬を出して、笑う）目薬を使う（目薬を注す）……だめかな？

そのエミコを見て、ゆっくり成仏してゆくユキヲ。

あとがき

さきほど公園のあたりを散歩をしていたら、沈丁花の甘い香りがどこかから漂ってきたので、今は春なのか、なんてことをぼんやり思った。ここ数年は行き交う人達が皆マスクをしているので、季節を感じづらい。

と、書きながら、季節の話から文章を書き始めるなんて、自分も歳を食ったものだな、と、頭を抱えている。なにしろ五九歳なのだ。知床で船舶事故をひき起こしたあの観光会社の社長より、ひとつ上なのだと思うと、「いよいよ」だなと、こみあげるものを嚙み締めざるをえない。

なにが、「いよいよ」なのかといえば、「いろいろいよいよ」なのだ、としか答えようがないのだが。

『ドライブイン カリフォルニア』は再々演である。一八年ぶりなのだというから驚く。一八年も時間がたってしまったから、こうして、再版なのに、あとがきを書き直させられているのである。再版するたびにあとがきを書き換える本などあるのだろうか？ まあ、カバーも変えていただけるし、再々演にあたってそうとう書き直したので、ほとんど別の本、という感もなくはないのでいたしかたない。

再演時の舞台監督だった青木さんも、舞台美術の島さんも今はこの世にいない。音響の藤田さんが「僕だけ生き残ってしまいましたよ」と、苦く笑う。

それが一八年という時間だ。初演時からは……二六年である。二六年続く劇団となると、またがくんと少なくなる。

初演時にユキヲを演じ、今回も続投している田村たがめは、当時、大学を出たての新人だったが、今はアラフィフで二児の母なのである。息子さんはもう高校を卒業する頃だろうか。稽古場で「もう一回再演、あり？」と聞いたら、「いえ、これで限界です」と、彼女もまた苦く笑うのだった。初演も再演も地毛をカットして少年役を演じてもらったが、今回は、かつらにしたいとのこと。田村の中にも「いよいよ」はあるのである。

しかし、稽古場でユキヲを演じる田村は、初演時のユキヲとまったく変わらない。少なくとも自分にはそう見える。あの頃、大人計画は、演劇界では、どこの馬の骨？ といった烏合の衆で、阿部や宮藤ですら食えていず、もちろん田村も稽古が終わったあと、せっせと焼肉屋だかなんだか忘れたが、その手のバイトに通っていたものだ。その頃からこの演技を確立し、愚直といっていいほどまっすぐに演じ続けている田村。その姿を演出席で眺めながら、ただ、愛おしいと感じている。なにしろ、もうできあがっているので演出のつけようがない。愛おしいと感じるぐらいしかすることがないのだ。

断っておくが、こんな感傷めいたことは誰にも本人にも言わないわたしだ。さすがにそれは気持ち悪い。

ただ、文章に向かうと溢れ出すものをおさえきれない。それが「いよいよ」ってものなのだな、と、しみじみ思う。

その感情の中には、軽めの絶望も含まれている。

少なくとも今の自分は旬ではない。そして、五九歳ともなれば、これから旬が来ることもまさかあるまい。

では、自分の旬はいつだったのだろう。自分には阿部や宮藤みたいに世間的に明確に売れた時期がない。旬の見えにくい男だ。しかし、この本を書いた頃は、旬の始まりだったのだろうな、とは思う。なにしろ、これを書いた年、わたしは『ファンキー！』と『マシーン日記』も書いているのだ。『ファンキー！』は岸田戯曲賞を受賞し、『マシーン日記』は現在まで再演に再演をかさね、パリ公演も行なった。正直名作だなと自分でも思う。それと同時期に、この本も書いていたと思うと、どう考えても旬だとしか思えない。

なら、自分の旬はいつ終わった？　なんて、死んだ子の年を数えるようなことを考えていることが「いよいよ」なのである。

「いよいよ」の次に似合う言葉は「おしまい」である。

しかし「おしまい」を感じてからが、昨今の人生は長いというふうに聞く。「始まる」と思えば、なぜか楽な気持ちにもなれる。楽というのは自由ということだ。去年、八年間寝たきりだった母が逝った。老衰という介護する側からしたら最高の形だった。そのとき、もちろん悲しさもあったが、なにか心地よい言葉が背中のほうに降りてきた。それが自由、という半透明な二文字だった。大事な人の死を受け入れる、というのは、こういうことなのだろうか。

思えば、この『ドライブイン カリフォルニア』も大事な人の死を、どう受け入れるか、という話である。偶然だが、この再々演に不思議な意味を感じざるをえない。

「おしまい」の始まりには、半透明ではあるが自由がある。それはもしかしたら、おのれの内部の第二の旬の訪れなのかもしれない。そう思えば、なんだかありがたい。

ありがたいといえば、四半世紀も前に書かれた本を上演にこぎつかせてくれたスタッフに、おもしろく演じてくれた俳優に、観に来てくれたお客さんに、本を購入してくれた読者に、そして、四半世紀わたしの戯曲の編集を担当している和久田さんに感謝します。

この「和久田にまで感謝」するあたりが、ますますもって「いよいよ」なのだが。

そして、関係ないが、旬という字は筍に似ているな、なんてことを感じながら、松尾は今日も稽古場にでかけます。

２０２２年５月

松尾　スズキ

上演記録 【初演】

日本総合悲劇協会 VOL.1『ドライブイン カリフォルニア』

1996年12月18日（水）〜27日（金）　シアターサンモール

〈作・演出〉　松尾スズキ

〈キャスト〉

我孫子アキオ	徳井 優
マリエ	秋山菜津子
ショウゾウ	正名僕蔵
ユキヲ	田村たがめ
ケイスケ	手塚とおる
若松	浅野和之
クリコ	片桐はいり
エミコ	中村栄美子
大辻	松尾スズキ
ヤマグチ	武沢物語
石垣マリア	猫背 椿
男	森内かつお

〈スタッフ〉

舞台監督	宇佐美雅人
照明	佐藤 啓
音響	半田 充（MMS）
舞台美術	島 次郎
衣裳	田中亜紀
写真撮影	滝本淳助
宣伝美術	吉澤正美
演出助手	今関朱子
舞台監督助手	平井香織
照明助手	溝口由利子
音響操作	荒木まや
衣裳助手	長岡千恵子、若月佐知子
大道具製作	C-COM
小道具協力	高津映画装飾（株）
効果協力	戸井田工業（株）
制作助手	河端ナツキ
制作	長坂まき子

上演記録　【再演】

日本総合悲劇協会VOL.4『ドライブイン カリフォルニア』

2004年4月28日（水）〜5月16日（日）　本多劇場（東京）
5月20日（木）　アステールプラザ大ホール（広島）
5月22日（土）・23日（日）　福岡市民会館（福岡）
5月25日（火）〜30日（日）　大阪厚生年金会館芸術ホール（大阪）

〈作・演出〉　松尾スズキ

〈キャスト〉

我孫子アキオ　小日向文世
マリエ　秋山菜津子
ショウゾウ　村杉蝉之介
ユキヲ　田村たがめ
ケイスケ　田口トモロヲ
若松　仲村トオル
クリコ　片桐はいり
エミコ　小池栄子
大辻　荒川良々
ヤマグチ　松尾スズキ
石垣マリア　猫背 椿
お小遣いさん　大塚辰哉
村人（東京公演）　尾崎拓也、関谷悦明、富川一人、宮沢紗恵子

〈スタッフ〉

舞台監督　青木義博
照明　佐藤 啓
音響　藤田赤目
舞台美術　島 次郎
衣裳　戸田京子
写真撮影　田中亜紀
イラスト　高野華生瑠
演出部　舛田勝敏、神保愛子
演出助手　大堀光威、佐藤涼子
照明操作　溝口由利子
音響オペレーター　水谷雄治、増田郁子
衣裳助手　伊澤潤子、梅田和加子
美術助手　木下絵美子
劇中歌作曲　星野 源
ヘアメイク　武井優子
かつら　山田かつら（佐野則夫）
宣伝写真　種市幸治
宣伝ヘアメイク　大和田一美
宣伝美術　吉澤正美
大道具　C-COM
制作協力（広島・福岡）　（株）森崎事務所
制作助手　河端ナツキ、北條智子、草野佳代子
制作　長坂まき子

上演記録 【再々演】

日本総合悲劇協会VOL.7『ドライブイン カリフォルニア』

2022年5月27日（金）〜6月26日（日）　本多劇場（東京）
6月29日（水）〜7月10日（日）　サンケイホールブリーゼ（大阪）

〈作・演出〉　松尾スズキ

〈キャスト〉

アキオ	阿部サダヲ
マリエ	麻生久美子
大辻	皆川猿時
クリコ	猫背 椿
ケイスケ	小松和重
ショウゾウ	村杉蝉之介
ユキヲ	田村たがめ
マリア	川上友里
エミコ	河合優実
ヤマグチ	東野良平
若松	谷原章介

〈スタッフ〉

美術	長田佳代子
照明	佐藤 啓
音響	藤田赤目
衣裳	戸田京子
ヘアメイク	大和田一美
映像	ムーチョ村松
歌唱指導	蔵田みどり
アクション指導	冨田昌則
演出助手	大堀光威
舞台監督	二瓶剛雄
演出部	戸沢俊啓、岩本武士、高原 聡、岡田三枝子、對馬和美
美術助手	小島沙月
照明操作	石井宏之、中村佐紀
音響操作	常田千晴
衣裳進行	梅田和加子
ヘアメイク進行	井草真理子
映像操作	トーキョースタイル
映像助手	吉田りえ
制作助手	諸星奈津子
稽古場代役	根本大介、塚本真美理
小道具製作	佐藤涼子
衣裳製作	梅津佳織、田鎖みさと、岩渕玲子、梅田和加子、アトリエハリコ
衣裳協力	森田恵美子（東京衣裳）
かつら製作	APREA
大道具	伊藤清次（C-COM舞台装置）
植栽	櫻井 忍
小道具	西村太志（高津装飾美術）
電飾	小田桐秀一（イルミカ東京）
運搬	マイド
劇中イラスト	松尾スズキ、河合優実
劇中歌作曲	星野 源
プロデューサー	長坂まき子
制作	北條智子、赤堀あづさ、横山郁美
票券	河端ナツキ
宣伝美術	榎本太郎
宣伝イラスト	信濃八太郎
宣伝写真	端 裕人
宣伝ヘアメイク	大和田一美
宣伝スタイリスト	宮本茉莉
宣伝動画	原口貴光
宣伝広報	る・ひまわり

注意事項

戯曲を上演・発表するさいには必ず、（稽古や勉強会はのぞき）著作者・権利管理者に上演許可を申請してください。

上演許可申請先

有限会社 大人計画
〒156-0043　東京都世田谷区松原 1-46-9　OHREM 明大前ビル 201
Tel：03-3327-4333　Fax：03-3327-4415

著者略歴

1962年生まれ。九州産業大学芸術学部デザイン科卒業。大人計画主宰。

主要著書

『ファンキー！　宇宙は見える所までしかない』
『マシーン日記／悪霊』
『ふくすけ』
『ヘブンズサイン』
『キレイ　神様と待ち合わせした女』
『エロスの果て』
『ドライブイン カリフォルニア』
『まとまったお金の唄』
『母を逃がす』
『ウェルカム・ニッポン』
『ラストフラワーズ』
『ゴーゴーボーイズ ゴーゴーヘブン』
『業音』
『ニンゲン御破算』
『命、ギガ長ス』
『マシーン日記［2021］』

ドライブイン カリフォルニア［2022］

2022年 5 月20日 印刷
2022年 6 月10日 発行

著　者© 松尾スズキ
発行者　及川直志
発行所　株式会社白水社
電話　03-3291-7811（営業部）7821（編集部）
住所　〒101-0052 東京都千代田区神田小川町3-24
www.hakusuisha.co.jp
振替　00190-5-33228
編集　和久田頼男（白水社）
印刷所　株式会社三陽社
製本所　誠製本株式会社

乱丁・落丁本は送料小社負担にてお取り替えいたします。

ISBN978-4-560-09429-7

Printed in Japan